羽田宇佐 USA HANEDA
イラスト／U 35

~ふたりの時間、言い訳の五千円~

Contents

「──私と仙台さんは友だちじゃないよ」

だからか。

私は、ようやく宮城の今までの行動を理解する。

普通ではない命令をするのも、友だちではないから。

「脱がしたほう、舐めて」
「足を？」

「……わかった」
「そう」

だったら、じゃあ。
私たちはどういう関係なのだろう。
「友だちじゃなかったら、なんなの？」

週に一度クラスメイトを買う話
～ふたりの時間、言い訳の五千円～

羽田宇佐

ファンタジア文庫

3279

口絵・本文イラスト　U35

週に一度
クラスメイトを
買う話
～ふたりの時間、言い訳の五千円～
羽田宇佐
USA HANEDA
イラスト／U35

第1話　仙台《せんだい》さんの価値は五千円以上でも以下でもない

別に、仙台さんでなければならないという理由はない。市尾《いちお》さんでもいいし、後藤さんでも良かった。なんなら、見知らぬ誰かだってかまわなかった。

それでも、私が仙台さんを選んだのは運命的なものがあったからだ。……と言えたら良かったけれど、実際は偶然に過ぎない。いくつかの偶然が重なって、そこに私の気まぐれが乗って、今、仙台さんは私の部屋にいる。

週に一回、三時間。

私が彼女に五千円を払う。

そういう契約だ。

いや、はっきりと決まっているわけじゃない。

二時間五千円のときもあるし、三時間半五千円のときもある。週に一回のときもあれば、週に二回のときもある。時間と回数は流動的だ。でも、五千円という金額は変わらない。

とにかく私は、時間と回数はどうでも一回五千円で仙台さんの放課後を買っている。

それが純然たる事実だ。

「宮城《みやぎ》、これの続き取って」

私のベッドに寝転がっていた仙台さんが当然のように言って、肩を叩《たた》いてくる。

ベッドを背もたれにして床に座っていた私が振り返ると、肩を叩いていたのは彼女が読んでいた漫画だった。

十二月の馬鹿みたいに寒い日、外の寒さを打ち消すためにファンヒーターで暖めた部屋は、彼女にとっては暑いようで制服のブレザーを脱いでいる。緩めたネクタイに上から二つボタンを外したブラウス、校則よりも短いスカートという出《い》で立ちでごろごろしている姿はだらしがない。スカートの中だって、見ようと思えば見ることができそうだと思う。

学校では清楚《せいそ》系の見た目を保っている仙台さんのこの格好を見たら、クラスのみんなは幻滅するかもしれない。

「自分で取りなよ」

涼しい顔でベッドを占領している仙台さんのほうへ、三巻と書かれた漫画を押し返す。

上の下。

薄くしているメイクを取ったら中の上くらいかもしれないけれど、仙台さんはそれくらいには綺麗《きれい》な顔をしている。ついでに頭も良くて、成績は学年でも上のほう、だったと思う。

当然、それなりにモテる。

——らしい。曖昧な言い方になるのは、彼女がモテている現場を私が見たことがないからだ。

彼女は所謂《いわゆる》リア充というヤツで、スクールカーストの上位に属する。

まあ、上位と言っても、その中では下のほうだけれど。

それでもクラスで目立つほうだし、モテていてもおかしくはない。

「ケチ。いいじゃん、取ってくれたって」

にゅっと仙台さんの手が伸びてきて、三巻を私の太ももの上に落とす。

「……仙台さん、私をなんだと思ってるの？」

「本棚の一番近くにいる人」

「自分で取ってきなよ」

私は冷たく言って、三巻をベッドの上に置く。

ここが学校だったら、スクールカーストの底辺というか、ギリギリ二軍の落ちこぼれに属する私が仙台さんにこんな風に偉そうな口を利《き》くことはない。

この部屋だから。

私が五千円を払って、仙台さんを買っているから許されることだ。

ただ、彼女が大人しく私に買われている理由はよくわからない。仙台さんなら、本人がその気になれば同じ時間で五千円どころか、一万円や二万円くらい簡単に手に入れることができると思う。

女子高生というブランドに彼女のルックスがあれば、それくらい出しても買いたいという人がいるはずだ。

だから、頭も容姿も並クラスの私が仙台さんを自由にできる権利を手に入れられている今の状況というのは、おそらくとても希有《けう》なことで、この時間はとても貴重な時間ということになる。

「あーあ、自分で取ってくるか」

仙台さんが面倒くさそうに言って、ベッドから下りる。そして、本棚の前に座り込むと、「四巻どこだ」とぶつぶつと呟《つぶや》きながら本を探し始めた。

むかつくけれど、整った顔を想像できる後ろ姿だと思う。

背中にかかる長い髪はハーフアップにしていて、両サイドを編んで後ろで留めている。髪色は黒というよりも茶色に近いけれど、先生は怒らない。当然、校則を守っていない。でも、派手すぎず崩しすぎていない服装や清潔感のある髪型によるイメージ戦略のせいか、校則違反を注意されているところを見たことがなかった。彼女は成績が良《よ》いほうに分類されているから、先生もわざわざ注意しないのかもしれない。

これはえこひいきだと言ってもいいはずで、こんな世の中は理不尽だと思う。

私は、仙台さんがいなくなったベッドにばたりと倒れ込む。

彼女のようになりたいわけではないけれど、羨ましいと思う気持ちはある。

私は今日、宿題の範囲を間違えて提出して先生に怒られた。間違えたのが仙台さんだったら、怒られることはなかっただろう。

「ちょっと宮城、四巻ないじゃん。ないならないって先に言ってよ」

高校生活を人よりも楽に過ごしている仙台さんが、不機嫌そうに私を見る。

「あるって」

「ないよ」

「嘘《うそ》。あるでしょ」

「ないってば」

強い言葉に、記憶を辿《たど》る。

四巻の発売日は覚えている。でも、買ったかどうかははっきりと覚えていなかった。

「四巻、先週発売日だったから買ったと思ってたけど。もしかしたら、買うの忘れてたかも」

独り言のように呟いて、明日買ってこようと決める。

べたりと布団《ふとん》に顔をつけると私のものではないいい匂いがして、それが神経を逆なでした。

「発売日、チェックしてるんだ？」

「してるよ」

「オタクっぽい」

「いちいちうるさい」

顔を上げて、仙台さんを見る。

彼女の言い方はそれほどきつくなかった。冗談と言える範囲のものだったけれど、苛々《いらいら》が倍増する。体を起こして窓の外を見ると薄暗くなっていて、数軒先のマンションに明かりが灯《とも》っている。

夜が近い。

カーテンを閉めて電気を点《つ》ける。

ベッドに腰掛け、足を床へぺたりとつける。

今日は、あまりいい日じゃなかった。

私の気持ちも空と同じくらい暗い。

「仙台さん。こっちに来て、座って」

本棚の前にいる仙台さんを呼ぶ。

「座ってって、隣に？」

「床に」

「命令タイム？」

「そう」

嫌なことがあった日は、仙台さんを放課後に呼んで命令する。

彼女とこういう関係になってから、そう決めている。

足を組んで、仙台さんを見る。

制服のスカートは、仙台さんよりは長いけれど校則よりも少しだけ短い。彼女のようにすらりとした足が見えるわけではないけれど、それはどうしようもなかった。

「で、どうするの？」

仙台さんが私の前に座って問いかけてくる。

私は組んだばかりの足を崩し、静かに言った。

「脱がせて」

右足を仙台さんの太ももの上に乗せて、ソックスを指さす。

「はいはい」

「はい、は一回」

そう言うと、また「はいはい」と返ってくる。返事の仕方なんて従わせたいほどのものでもないからなにも言わずにいると、ソックスが命令通りに脱がされた。そして、「左も？」と聞かれる。

「そっちはいい。脱がしたほう、舐《な》めて」

素足で仙台さんのお腹《なか》を軽くつつくと、彼女は怪訝《けげん》な顔をした。

「足を？」

「そう」

仙台さんを五千円で買うようになったのは梅雨が終わった頃からだけれど、こういう命令をしたのは今日が初めてだ。いつもは、本を読んでくれとか、宿題をしてくれとか、そういうどうでもいい命令をしていた。

五千円で仙台さんが私のいうことをきく。

大事なことはそれだけで、内容は重要じゃない。だから、私はこういう〝いかにも〟という命令をしてこなかった。でも、今日はどうでもいい命令をする気分じゃない。

彼女が従いたくないようなことを言いたくなった。

ただ、くだらない命令に従うことに慣れた彼女が、いつもとは違う命令をきくとは思えなかった。

「……わかった」

即答ではなかったものの、予想に反して仙台《せんだい》さんが命令を受け入れる。声には感情の欠片《かけら》もなかったけれど、私の足首とかかとに手が添えられた。

仙台さんがじっと私の足を見る。

背筋が、ぞくり、とする。

命令しておきながら、嘘みたいな光景にほんの少し体に力が入る。

クラスの中でも目立つグループの人間で、先生にも可愛《かわい》がられている仙台さんが、たいした取り柄もない平凡な私のいうことをきいて、下僕みたいに足を舐める。

これから起こるであろう出来事が私の気持ちを高ぶらせる。

「仙台さん、早くして」

動き出さない彼女に声をかける。

ファンヒーターが暖かい空気を吐き出し続け、仙台さんが暑そうにネクタイをさらに緩める。ブレザーは、少し離れたところに脱ぎ捨ててある。ボタンが二つ外されたブラウスからは、鎖骨が見えた。

足が軽く持ち上げられ、甲に生温かい空気が吹きかかる。

そして、感じる柔らかな感触。

仙台さんの舌らしきものが触れた。

「もういい？」

「駄目」

すぐに顔を上げようとした仙台さんに強く言い、足の甲を使って彼女の顎をくいっと上げる。

「一回舐めただけじゃ、不満？」

仙台さんが私の足を押しのけ、鋭い視線を向けてくる。

「不満」

「じゃあ、いつまで続ければいいわけ？」

「私の気が済むまで」

「ヘンタイ」

「仙台さんの役目は、変態の言うことを聞くことだから」

彼女に前払いで渡した五千円。

それは仙台さんを拘束する鎖で、彼女は私に逆らえない。

この部屋にはそういう約束があって、彼女は私の命令をきくという約束に従った。

◇◇◇

「仙台さん、やめて」

五分くらい。

もしかすると十分くらいだったかもしれない。

時間を計っていたわけではないからよくわからないが、それくらいの時間が経《た》って、仙台さんが私の足を突然嚙《か》んだ。舐めて、という命令とは違う行動を取った彼女の歯の感触を、親指にはっきりと感じる。

「仙台さんっ」

さっきよりも強い声で言う。

痛い。

やめて、という言葉に従わなかった彼女は、ぎりぎりと肉に歯が食い込むほど私の足の指を嚙んでいる。

「命令以外のことしないでよ」

視線の先に、彼女のつむじが見える。

抗議するように仙台さんの頭を摑《つか》んで揺すると、足の指に食い込んだ歯が離れた。そして、噛み跡を確かめるみたいに舌が這《は》い、指がべたりと濡《ぬ》れていく。温かな舌は気持ちが悪い。でも、それだけじゃないことに気がついて、私はその感情を振り払うように、今まで仙台さんに対して出したことのない強い声で告げた。

「やめてって言ってるじゃん。終わりにして」

仙台さんが顔を上げ、ソックスを手に取る。

「足、貸して。はかせてあげる」

乾燥していることが当たり前の部分が濡れている感覚というのは、あまり気持ちのいいものじゃない。ずっと舐めていてほしいわけではないからソックスをはくことに異論はないけれど、どちらが命令しているのかわからない言葉には異論しかない。

「はかせなくていいから、こっちも脱がせて」

そう言って左足を仙台さんの太ももの上に乗せると、彼女は黙って従った。

「で、宮城《みやぎ》。足、舐められて面白かった？」

「まあ、それなりに」

仙台さんは雑誌に載っているモデルほどじゃないにしても、整った顔をしている。そんな人の舌であっても足を舐められる感触は面白いものではなかったが、仙台さんが私の足を舐めているというシチュエーションはかなり面白かった。

「宮城って、変態だよね」

「命令通りに足を舐めるほうが変態でしょ」

「学校で宮城に足を舐めろって命令されたって言ったら、みんな宮城のほうが変態だって言うと思うけど」

「そしたら、仙台さんが命令通りに足を舐めたって言うから。みんなにどっちが変態か決めてもらえばいいんじゃない？」

「宮城のほうが最低で変態でしょ」

「仙台さんだと思うけど」

今日、彼女に命令したことを学校でバラされたら、ギリギリ二軍の落ちこぼれから最底辺へ真っ逆さまに落ちていく。今あるそれなりに普通の生活は確実になくなる。でも、それは仙台さんだって同じだ。冴《さ》えない私のような人間の足を舐めたなんて知られたら、今と同じ地位にいられないどころか、私以下に分類されるかもしれない。

だから、最低で変態だってかまわない。

どうせ、仙台さんだってここでは最低で変態の仲間だ。

「じゃあ、私と宮城、どっちが変態か、明日学校で聞いてみようかな。……なんてね。この部屋でしたことを学校で話すのは契約違反だし、言わないから安心して」

最初に決めたいくつかのルール。

五千円を払って仙台さんを私の好きなように扱うための決まり事はいくつかあって、その中には放課後にあったことは誰にも話さないというものがある。

だから、さっきのことはみんなが見ることのない秘密の遊びで、私はもちろん仙台さんも誰かに言うはずがない遊びだ。

「宮城、他に命令は？」

「ない」

言い切って、私は立ち上がる。

冷たい。

部屋は暖かいけれど、足がぺたりとついた床は暖かくはない。でも、さっき私の足を舐めた彼女の舌は、熱くて、柔らかくて――。

私は小さく息を吐く。

「なにか飲む？」

テーブルの上、空になったグラスを見て尋ねると彼女は「いらない」と短く答えた。

「夕飯、食べてく？」

帰る。

私は彼女がそう答えると知っている。これまで何回かした同じ質問は、すべて同じ答えを返されていた。だから、今日だけ違う答えが返ってくることはないはずだ。それに、食べると答えられても困る。

それでもなんとなく問いかけた結果、私は初めて「食べる」という言葉を耳にすることになった。

裸足《はだし》でスリッパを履き、仙台さんを従えてキッチンへ向かう。電気を点《つ》け、エアコンのスイッチを入れて、スーパーの袋の中からカップラーメンを取り出してお湯を沸かす。対面キッチンの向こう側、カウンターに座る仙台さんの前に蓋を半分剝いだカップラーメン二つと割り箸を置くと、彼女は不思議そうな顔をした。

「なにこれ？」

「カップラーメン。見てわからない？　もしかして、お金持ちの仙台さんはカップラーメン見たことがないとか？」

「カップラーメン見たことがないくらいお金持ちだったら、今の高校じゃなくてごきげんようって挨拶するような学校に通ってるんじゃない？」

呆《あき》れたように仙台さんは言うけれど、彼女の家は裕福だと聞いたことがある。

ブランド品を身に着けているというわけではないが、品の良さそうなものを持ち歩いている。おそらく、夕飯にカップラーメンが出てくるなんてことはないはずだ。手作りの夕飯を食べているに違いない。

家族に愛されていそうな仙台さん。

本当なら話をすることすらなかっただろう仙台さん。

――吐き気がする。

私は、二人分のお湯を沸かす電気ポットをじっと見る。

「それに、カップラーメンくらい食べたことあるし。あっ、もしかして宮城家って貧乏？」

「仙台さんに週に一、二回五千円払っても困らないくらいお小遣いもらってるけど、それが貧乏なら貧乏なのかもね」

からかうように言った仙台さんに、素っ気なく答える。

夕飯にカップラーメンを出すような家だけれど、それは我が家にお金がないからじゃない。金銭面で言えば、裕福と呼ばれる部類に入る。

「……まあ、貧乏とは言えないね。で、夕飯これなの？」

「お弁当のほうがいいなら買ってくるけど。それとも、家に帰って食べる？　私はどっちでもいいけど」

母親がいないから。

そして、私に料理を作る才能がないから。

夕飯がカップラーメンである理由は、その二つだけだ。

それなりに料理ができる父親はいるけれど、仕事が忙しくて子どもが起きているような時間に帰ってくることはほとんどない。娘をそんな環境下に置いている罪悪感からか、父親は高校生に渡すにしては明らかに多すぎるお小遣いをくれる。

「これ食べてく」

仙台《せんだい》さんがカップラーメンの蓋をいじりながら言い、電気ポットのお湯が沸く。

容器の内側の線までお湯を入れて。

キッチンタイマーを三分にセットして。

二人でラーメンを啜《すす》る。

一人で食べても、二人で食べても、カップラーメンはカップラーメンで味は変わらない。

それでも、一人で食べるよりはマシに感じる。

「ごちそうさま。遅くなったし、帰るね」

容器の上に割り箸を並べて置くと、仙台さんが立ち上がった。

「うん」

彼女とは、共通の話題がない。

クラスで属するグループが違うし、趣味も違う。

話すことがなければ黙って食べるしかなくて、カップラーメンなんてものはすぐに食べ終わる。だから、夕飯を一緒に食べたという実感がないまま、仙台さんは帰ってしまう。

「四巻、買ったら読ませてよ」

仙台さんのブレザーとコートを取りに二人で部屋へ戻ると、彼女が本棚を見ながら言った。

「今度来るときには読めると思う」

「じゃあ、来週かな」

もう来ない。

今日私がさせたことを思い返すとそう言われても仕方がなかったけれど、彼女はこの関係を終わらせるつもりはないらしい。

仙台さんは変な人だ。

お金が欲しくて命令をきいているようには見えないから、彼女がなにを考えているのかよくわからない。私なら他人の足を舐《な》めるなんて絶対にしたくないし、そんなことを命令する人の部屋にまた来たいとは思わない。

「送るね」

コートを着て、いつものように二人で玄関を出る。そして、エレベーターで一階まで下り、エントランスまで歩く。

「じゃあ、またね」

仙台さんが立ち止まらずに手を振る。

「バイバイ」

遠のいていく背中に声をかける。

二年生でいられる期間は残り少ない。

この冬が終わって春になり、三年生になってクラスが替わっても、仙台さんは五千円で買われてくれるのだろうか。

私は、やけに早く梅雨が終わった七月に始まったこの関係の行く末を考えながら、エレベーターに乗り込んだ。

Profile

宮城志緒理

｛みやぎ・しおり｝

・身長：157cm

・誕生日：9月25日

memo

あまり自分のことは話さず、少数の友達と交流するタイプの女子高生。スクールカーストの底辺ではないが、二軍の下。一人っ子の父子家庭で、父親は仕事優先で家にほとんど帰ってこない。家に人を呼ぶことはあまりなく、ほぼ仙台のみ。実は寂しがり屋。

第2話　宮城《みやぎ》は今日も私に五千円を渡す

やけに早く梅雨が終わって、七月。

二年生の夏も去年と同じように、本屋には夏らしい格好をしたアイドルやモデルが表紙を飾る本がずらりと並んでいる。

私はその中から、キラキラした文字が躍る雑誌を手に取る。

羽美奈《うみな》が言ってたのって、これだっけ。

自信がないのは、話を半分くらいしか聞いていなかったからだ。

私は、はあ、と息を大きく吐いてから、手にした雑誌を凝視した。

着回しコーデはともかく、男の子にモテる服だとか、自分磨きだとか軽薄そうな言葉が並んでいる。

どこから見ても、私の好みではない。

七月に入ったばかりで夏休みはまだ遠いけれど、休みに向けて新しい服が欲しいと思う。

だが、どんな服でもいいわけではない。

来年の夏は二年生の今と違って、きっと受験勉強で忙しい。夏を思う存分楽しめるのは今年しかなさそうだが、この雑誌には夏休みの気分を上げてくれる服はなさそうだ。

制服を着崩していても先生に怒られない程度にしている私と、先生に怒られるほど派手に着崩している羽美奈には、好みにズレがある。

「モテるって言われてもなあ」

表紙に書かれた単語を一つ声に出す。

モテる服より自分が着たい服を着たいし、自分を磨くのはもう少し後からでもかまわない。それにどうせなにか読むなら、軽そうなファッション雑誌よりもっと落ち着いた本のほうがいい。

でも、この手の雑誌を読むことも友だち付き合いの一環だし、お小遣いは毎月余らせるくらいにはある。

学校で上手《うま》く立ち回るには、それなりに頭を使わなければいけない。今のクラスで言えば、茨木《いばらき》羽美奈のご機嫌取りが必要だ。いや、これはちょっと言い過ぎかもしれない。彼女の話に適当にあわせる必要がある、くらいが適切だ。

羽美奈は派手で、勉強よりも遊ぶことに情熱を燃やしている友だちで、スクールカーストの上位に属する子だ。短気で怒りっぽいから逆らえば面倒なことになるが、彼女の機嫌を損ねないように要領よくやればそれなりの位置で楽しい学校生活を送ることができる。

私のことを八方美人だと言う人もいるが、言わせておけばいい。

そういう言葉はひがみみたいなものだ。

私は、せっかく本屋に来たのだからと店内をぐるりと回る。そして、雑誌の上に小説を一冊載せてレジに向かう。列というほどでもないけれど、順番を待って本をカウンターに出す。

レジに金額が表示され、鞄《かばん》の中にある財布を探す。

「あれ？」

財布、財布。

あるはずの財布がない。

朝、スマホを鞄に入れたことは覚えているし、入っている。

じゃあ、財布は？

よく見ても鞄の中にはない。

学校に忘れてきたのかもしれない。

いや、おそらく家に忘れてきた。

鞄に入れた記憶がない。

ちらりとレジのお姉さんを見ると、不審そうな顔をしている。

ヤバい、早くしないと。

「あー、えーと」

格好悪いけれど、本を返すしかない。

「この本――」

「払います」

「え？」

私が「財布を忘れたので、返します」と言う前に、後ろから伸びてきた手がトレーの上に五千円札を一枚ぴらりと置いた。

「仙台さん。これ、使って」

振り向くと、私と同じ制服を着た女の子が一人立っていた。

しかも、知らない子ではない。喋《しゃべ》ったことはないけれど、毎日見る顔だ。

「……宮城、だよね？」

たぶん、あっているはず。

頭にクラス全員の名字は入っている。

さすがに下の名前まではわからないけれど。

「そのお金で払って」

彼女は名前があっているとも、間違っているとも言わずに、五千円をトレーに置いた理由を告げる。

「いいよ。悪いし」

「気にしないで」

いや、気にする。

そう親しくもない子から、お金を借りたいとは思わない。もともとお金の貸し借りは嫌いだし、人と話をあわせるために買う雑誌のためにお金を借りるのはもっと嫌だ。

「いや、返す」

トレーから五千円を取って、宮城に手渡す。すると、五千円がもう一度トレーの上に置かれた。

「あの、お支払いはこちらでよろしいでしょうか?」

困った顔をしたレジのお姉さんが私を見る。

「はい、お願いします」

私ではなく、宮城が答える。

でも、借りたくないものは借りたくないのだ。

私は五千円をもう一度手に取ろうとする。けれど、それよりも早くお姉さんが五千円をレジにしまってしまう。

結局、私の手元に雑誌と小説、千円札三枚と小銭数枚がやってくる。

「宮城、ありがとう。お財布忘れちゃったみたいで、助かった」

レジから離れた場所でお礼を言う。

お金の貸し借りはしたくないという私の意思は無視されたが、借りてしまったのだから不本意でも頭を下げるくらいの気持ちはある。だが、彼女はなにも言わない。ただ、名前が訂正されることはなかったから、宮城で間違っていないことはわかった。

「これ、おつり。使っちゃった分は明日学校で返す」

レジで受け取ったお金を宮城に渡そうとするが、彼女は受け取ろうとしなかった。

「返さなくていいよ。おつりもあげる」

そう言うと私に背中を向け、歩きだす。

「え、ちょっと。困るって」

「本当にいらないから、仙台《せんだい》さんにあげる」

「もらえないし、返す」

「じゃあ、捨てておいて」

「捨てるって、お金だよ⁉」

早足で歩く宮城の肩を摑《つか》む。

学校で話したことがなかったから知らなかったけれど、どうやら宮城は頭のネジが二、三本飛んでいるらしかった。普通なら、お金を捨てるなんて発想はしない。そもそも、おつりはいらないなんて言うのは会社の偉い人で女子高生は言わない。

それに、おつりをあげると言われて、はいそうですかともらうような人間だと思われていることに腹が立つ。

「あー、そうだ。おつりも借りておくってことにしとくから。それで、明日まとめて返すね」

本当は怒りたいけれど、我慢しておく。

宮城に学校で「仙台さんに怒鳴られた」なんて言いふらされたら、イメージが良くない。

「そういうのいいから。返さなくていい」

肩を摑んでいる私の手を振り払い、宮城が歩きだす。

自動ドアを通って外へ出る。

私は彼女の背中を追い、声をかける。

「返す。おつりもまとめて五千円、学校で返すから」

「……じゃあ、五千円分働いて」

返す、あげるの応酬があらぬ方向へ飛んでいき、私は思わず足を止めた。

「え？　働く？」

「とりあえず、私の家まで来て」

すたすたと歩いていた宮城も止まって、私を見る。

「は？　家まで来てってなに？　お金は明日返すって」

「来ないなら、あげるからもらって」

宮城がくるりと背を向ける。

なんなんだ。

この子は一体、なんなんだ。

頭のネジが二、三本どころか十本くらい飛んでいる。

全力でおかしい。

私は心の中で宮城を呪う。

五千円をもらうつもりはないけれど、働くつもりだってない。でも、宮城は働かないと言えばこのまま帰ってしまうだろうし、この先も五千円を受け取ることはなさそうだ。机の中に五千円を放り込んでおいても、絶対に返される。

面倒な子だな。

ため息をつきながら空を見上げれば、本屋に入る前にはなかったどんよりとした雲にどこまでも続いていた青が覆われていた。梅雨が明けたというから、傘は持っていない。もう一度、ため息をつくと宮城《みやぎ》が言った。

「傘、うちにあるけど」

「あーもう。家、どこ？　近いの？」

今日くらい宮城のために働いてやろうじゃないか。

宮城から五千円をもらったなんて噂《うわさ》を立てられるのも嫌だし、宮城を怒鳴ってお金を押しつけていたなんて噂を立てられるのも嫌だ。

「そんなに遠くない。ついてきて」

宮城がぼそりと言って歩きだす。

私は気が乗らないまま、宮城の後を追う。

私たちは歩いて、歩いて、歩く。

二人いるのに黙ったまま歩く。

沈黙は得意ではない。

二人いるならなにか話したいし、静かだと気分を害してしまったのではないかと不安になる。宮城が怒っていてもかまわないけれど、なんで怒らせてしまったんだろうと気になるほうだから、なにか喋ってほしいが彼女は黙りっぱなしで喋らない。

少しは喋れ。

なんて念を送っても宮城が喋らないので、本屋から黙々と歩いている。

やっぱり、帰れば良かった。

宮城の家に行こうなんて思わなければ良かった。

どんよりした空の下、軽率な自分を悔いながら黙々と歩いていると高そうなマンションに辿《たど》り着く。

五千円、ぽんと払うだけあるな。

そんなことを思うくらい立派なマンションは、わりとうちから近かった。歩いて十五分か、二十分くらい。こんなに近いところに同じクラスの子が住んでいるとは思わなかった。

でも、考えてみれば当たり前だ。本屋でばったり会って、そのまま歩いて家に帰るわけだから、私の家から遠いわけがなかった。

「うち、ここの六階だから」

エレベーターに乗り込みながら宮城が言う。

「そうなんだ」

ここからうちが近いことは伝えない。わざわざ言うようなことでもないし、宮城と親しくするつもりもないから告げても仕方がない。

エレベーターの表示に目をやると、四、五と数字が変わって、六で止まった。私は宮城の後をついて歩く。彼女は廊下の一番端にある玄関のドアを開けて中に入ると、自分の部屋に私を招き入れた。

「適当に座ってて。なにか持ってくる」

部屋へ入ってすぐに出て行こうとする宮城に「おかまいなく」と声をかけるが、そのまま出て行ってしまう。

彼女の部屋は私の部屋と同じか、それよりも少し広いくらい。高校生の部屋にしては大きい部類に入る。綺麗《きれい》に片付けられていて、大きめのベッドと小さなテーブル、テレビ、壁際《かべぎわ》には馬鹿みたいに本が詰まった本棚、そしてライティングデスクと椅子が置いてある。

どんな本があるんだろうと本棚に近寄るとドアが開き、宮城が入ってくる。そして、透明な液体が入ったグラスを小さなテーブルの上に置いた。

「漫画、読むんだ？」

本の背表紙に視線を向けて問いかけると、宮城は「読むよ」と素っ気なく答え、突然

「そうだ」と大きな声を出した。

「漫画読んでもらおうかな。仙台さん、こっち来て座ってて」

そう言って、宮城がこちらにやってくる。それでも私が本棚の前にいると、「あっちに行ってて」と肩を叩《たた》かれた。

働かせるという話はどこへ行ったのだろうと思いながら、テーブルの前に座って透明な液体を飲むと、口の中がシュワシュワとした。甘ったるい液体の正体がサイダーだとわかり、私はグラスを置く。

炭酸はあまり好きではない。

こんなとき、いつものメンバーならサイダーを出してきたりしないなんて考えていると、私の向かい側に宮城が座った。

「これ読んで」

ナルシストっぽい男の子と気弱そうな女の子が表紙に描かれた漫画を手渡される。ぺらぺらと数ページ読んだところ、中身は恋愛漫画らしかった。

こんなものを読むだけで五千円？

宮城の考えが理解できない。

でも、読めと言われたから素直にページをめくっていると、宮城がつまらなそうに言った。

「そうじゃなくて。声に出して読んで」

「セリフを？」

「モノローグも全部」

「書いてある言葉を全部声に出して読むってこと？」

「そう。それが五千円の仕事っていうか、命令なんだけど」

「働くんじゃなくて、命令になったんだ？」

「うん」

いつの間に仕事が命令にすり替わったのか知らないけれど、どうしてなんて聞いてもたぶん無駄だろう。宮城は深く考えていない。その場のノリかなにかで決めているに違いない。

「仕事でも命令でもいいけど、漫画の音読なんて簡単なことが五千円？」

私はさっさと家に帰るべく、話を進める。

「そう。でも、最後のページまで全部読んで」

「おっけー」

漫画を声に出して読むだけでいいなら、楽なものだ。

私は気軽に返事をして、愛してるとか、お前だけだとかいった歯が浮くような台詞《せりふ》を読み上げていく。小説を一冊読み上げろと言われたらげんなりするけれど、文字が少ない漫画だからサクサク進んでいく。でも、すぐに軽く引き受けたことを後悔することになった。

「……この本、エロくない？」

読み上げるという仕事を放棄して、先のほうまでストーリーを確かめた結果、めくってもめくっても登場人物はほぼ裸だった。

本の半分くらいベッドシーンじゃん。

台詞も喘《あえ》ぎ声とか、それに類似したものばっかりじゃん。

内容も結構激しいし、こんなものを音読させるとか、宮城の頭はどうなってるんだ。

エロいものが嫌いというわけではないが、読み上げたいものではない。というか、読み上げたい人なんてそうそういないだろう。宮城みたいな地味な子もこういう漫画を読むんだと新鮮な驚きもあったが、漫画を読むことを引き受けた後悔のほうが上回っている。

「エロいね」

あっさりと宮城が言う。

「この先も声に出して読むの？」

「全部声に出して読んで」

「もしかして、エロい言葉を聞くのが趣味？」

「趣味じゃないけど、他に命令なんて思いつかないし」

「命令する必要ってなくない？　私からおつりもらって、明日返すお金ももらってくれたら解決するでしょ」

何故《なぜ》、お金を受け取りたくないのか知らないけれど、宮城は面倒くさすぎる。強情で扱いにくい。

「五千円なんてどうでもいいし、返してもらいたいわけじゃないから。早く読んで」

本気でお金のことはどうでもいいらしく、宮城が私を急《せ》かす。

こんなくだらないことに付き合う義理はないのだが、彼女から理由もなく五千円をもらいたくはないし、五千円分働くと約束したのだからそれは果たさなければならない。

そう、私もそれなりに面倒くさい人間なのだ。

「――わかった」

もっととか、いくとか。

あんとか、なんとかかんとか。

延々と続く、声に出したくない台詞にくらくらする。

私は一体なにをやってるんだ。

クラスが一緒なだけで、今まで一度も話したことがなかった宮城の前でなにを読まされているんだ。

絶対、宮城は馬鹿だ。

間違いない。変態の馬鹿だ。

確か、成績は――。

成績はどれくらいなんだろう。

私は、宮城のことをよく知らない。

「仙台《せんだい》さん、声が小さい」

意識が本から離れて注意される。

「大きい声で読むような内容じゃないでしょ」

「今日、誰もいないし声が大きくても大丈夫だから」

そっちが大丈夫でも、こっちは大丈夫ではない。

今日は最低だ。

ついてない。

財布は家に忘れるし、エロ漫画は音読させられるし。

心の中で文句を言いながらも、私はきっちりと喘ぎ声まで声に出してすべて読み上げ、飲みたくもない炭酸で喉を潤した。

「意外に下手っていうか、棒だよね。遊んでるから、こういうの上手《うま》いのかと思った」

人にエロ漫画を一冊丸々読み上げさせた宮城《みやぎ》が、さらりと酷《ひど》いことを言う。

「一応、清楚《せいそ》系で通してるし、遊んでないから、その認識改めておいて」

宮城の失礼な物言いを訂正する。

「そういうのって、男ウケがいいからやってるんでしょ」

「違うから」

学校で清楚っぽく振る舞っているのは、男ウケのためではない。先生ウケを狙っているだけだ。

「清楚っぽく見せて、実は遊んでるって言われてるけど」

「そういうイメージなんだ、私」

宮城が属するグループに、遊んでいると思われていたとは知らなかった。

というか、そういう噂《うわさ》になっていたのか。

嬉《うれ》しくないことを知ってしまったと思う。

「で、命令はこれで終わり？」

とりあえず不名誉な噂は投げ捨てて、宮城に尋ねる。

「終わり」

「これからどうしたらいい？」

「帰ってもいいし、帰らなくてもいいし。仙台さんの好きにして」

「じゃあ、帰る。あと、この漫画の続き借りてもいい？　結構面白かった」

背表紙に一と書いてあるから、二もあるんだろう。読み上げるのは趣味ではないけれど、漫画の続きは気になる。でも、宮城は愛想《あいそ》の欠片《かけら》もない声で期待とは異なる言葉を発した。

「駄目」

「うわ、ケチ。漫画貸すくらいいいじゃん」

「……五千円」

「なに？　漫画一冊借りるだけで五千円も取るつもり？　自分で買ったほうが安いじゃん」

「違う。私が仙台さんにあげる」

「はあ？」

予想もしない言葉に、思わず間の抜けた声が出る。

「私が仙台さんの放課後、一回五千円で買うって言ってるの。だから、続きはここに来たときに読めばいい」

「いや、売らないし。というか、私を買ってなにするつもり？　セックス？　それ、五千円じゃ安くない？　あと私、女同士とか興味ないんだけど」

クラスメイトを五千円で買うなんて、ありえなさすぎる。

今回はエロ漫画を声に出して読めというわけのわからない命令だったが、本気で今後も私の放課後を五千円で買うつもりなら次もそうとは限らない。体目当てだから、と言いだしてもおかしくはないと思う。

「仙台さんこそなにするつもり？　私、仙台さんとそういうことするつもりないんだけど」

「じゃあ、なんなの。五千円で私になにするつもり？」

「週に一回か、二回くらい。放課後うちに来て、私の命令きいてよ。今日みたいに」

にこりともせずに宮城が私を見た。

「またエロい漫画を読めって言うつもり？」

「今日と同じ命令かもしれないし、宿題やってとかそういうことを命令するかもしれないしって感じ」

「なにそれ。あっ、便利屋？」

五千円で体を売れと言われても困るが、五千円で宿題をさせるというのもどうかと思う。

「便利屋じゃない。命令するからそれをきいてって言ってるじゃん」

「問題は命令の内容なんだけど。殴ったりとか困るし、セックスもお断り」

宮城の頭の中が本気でわからないから、なにを言いだすのか予想できない。だから一応、体は売らないと宣言しておく。

「暴力は私も嫌いだし、さっきも言った通り仙台さんとセックスするような関係になるつもりもないから」

「私が断ったら、他の人を買ったりするの？」

「買わない。五千円払うから命令させてとか言ったら、絶対におかしい人だって思われるじゃん」

いやいや、今の状況だって十分おかしい。

すでに、私の頭に〝宮城はヤバいヤツ〟でインプットされているくらいだ。

でも、興味がないわけではない。学校でグループのメンバーと話をあわせるために読みたくもない雑誌を買ったり、ご機嫌を取ったり。そんなことをしているよりは、面白いことが起こりそうに思える。

「私ならいいんだ？」

「いいわけじゃなかったけど、成り行きだし」

「……まあ、いいか。暇つぶしに、一回五千円で命令きいてあげる。休みの日は無理だけど、放課後なら」

そっちが成り行きなら、こっちも成り行きだ。

エロ漫画を読まされるのは避けたいけれど、命令ごっこの上限はその辺りのようだし、少しくらい付き合うのも悪くない。

宮城という人間にも興味がある。

この変な子が私になにを命令するのか知りたい。それに、本気で嫌なことがあれば五千円を突き返せばいい。

――受け取らないとは思うけれど。

「じゃあ、それで。あと、学校で話しかけたりしないし、連絡はスマホでしていい？」

宮城が平坦《へいたん》な声で言う。

「それでいいよ」

私はまた後悔することがあるかもしれないと思いながらも、軽々しく宮城の提案を受け入れる。そして、連絡先を交換して彼女の部屋を出る。

律儀《りちぎ》に私をマンションの入り口まで送る宮城に「またね」と言って、家へと向かう。

雨は降っていない。

どんよりしていた空を見上げれば、いつの間にか雲が消えていた。

◇◇◇

小さく息を吐き、私は七月の記憶を辿《たど》るという行為をやめる。

あの夏、本屋で財布を忘れたことに気づいた私は、短い冬休みが終わって始業式があった今日も宮城の部屋にいる。

理由は、呼び出されたから。

ようするに、あの日にした契約は未《いま》だに続いている。

ベッドの上、私はごろりと横になったまま漫画を開く。

いつもの命令ごっこはまだ始まらない。

部屋に入って、五千円を受け取って。

それからしばらくは自由時間みたいなもので、宮城が命令してくることはない。最初のうちは、このなにもない空白の時間が苦手だったけれど、本屋で出会ってから週に一、二回呼び出され続けたせいで今は学校よりもくつろげる時間になっている。

本棚にずらりと並んだ本をあらかた読んでしまっている私は、お気に入りの漫画を手にベッドの上に横になるくらいこの空間に馴染《なじ》んでいた。

「仙台さん、冬休みなにしてた？」

ベッドを背もたれにして床に座っている宮城が感情のこもらない声で言う。

「勉強してた」

嘘《うそ》ではない。

受験に備えて、予備校の冬期講習に参加していた。勉強の合間には、羽美奈《うみな》たちに会って初詣に行ったり、買い物に付き合ったりしていたから冬休みはそこそこ忙しかった。

「宮城は勉強した？」

彼女の成績は悪くはないけれどそれほど良くもないようで、私は苦手教科の宿題をよく押しつけられている。

「してない」

「宿題、全部やったの？」

「やったけど、仙台さんに頼みたかった」

「休み中の呼び出しは契約外だからね」

私たちが会うのは放課後だけで、学校がない日は会わない。

そういう約束になっている。

「わかってる」

さも残念そうにため息をついてから宮城が漫画を読み始め、会話が途切れる。

彼女とは、共通の話題がない。

学校の話やドラマの話、雑誌の話なんかを振ってみたことがあるが、宮城は興味がないのか面倒くさそうに相づちを打つだけで話にならなかった。だから、私は彼女と会話を楽しむという行為を放棄している。宮城との会話の糸口を探すなんて、海に落とした指輪を見つけるくらい難しい。

彼女との会話が途切れたら、無理に結んで繋《つな》ごうとしたって無駄だ。私はこの数ヶ月で、切れた会話は切れたままにしておけばいいということを学んでいる。

静かになった部屋の中、私は体を起こしてブレザーを脱ぎ、ベッドの下へ落とす。宮城は寒がりなのか、この部屋はいつも暑い。私はネクタイを緩め、ここに来る前から一つ外してあるブラウスのボタンをもう一つ外す。

またベッドにごろりと横になって漫画を手にしたところで、宮城が言った。

「こっち来て」

「命令？」

「うん。ここに座って」

宮城《みやぎ》が立ち上がり、自分が座っていた場所を指さす。

これからなにが起こるのか。

言われなくてもわかる。でも、私はベッドから下りて床に座り、わざとらしく聞く。

「どうすればいい？」

「脱がせて」

ベッドに腰掛けた宮城が静かに言った。

彼女の言葉は予想通りのもので、太ももの上に足が置かれる。

去年の十二月、それまでの上限を超えた命令によって初めて宮城の足を舐《な》めた。そして今日、私はまた彼女の足を舐めることになるらしい。

目の前には、色黒というわけではないが、白いわけでもない健康的な足がある。私は靴下を脱がせ、普段は覆い隠されている足の裏に触れる。しっとりしているけれど、触り心地は悪くない。土踏まずを柔らかく撫《な》でてから親指の付け根まで指先を走らせると、びくりと足が揺れた。

「舐めて」

足裏を撫でたことが気に入らなかったのか、宮城が低い声で言う。

「わかった」

短く答えて、彼女のかかとに手を添える。

小さく息を吐いて、吸う。

指先に軽く力を入れてかかとの感触を確かめる。

顔を近づけ、少し冷たい足の甲に舌をぺたりとつけて、ゆっくりと這《は》わせる。

宮城がなにを考えているのかわからないけれど、足を舐めさせるなんて随分とニッチなジャンルを攻めてくるなと思う。エロ漫画の音読から始まって足舐めに至るなんて、学校で見る宮城からは想像できない。

地味で、目立たなくて、名字しか覚えていなかった。本屋で財布が見つからないなんてことがなければ、一生話をすることもなかったかもしれない。

私は今、そんな女の子の足を舐めている。

柔らかくて、滑らかで。

でも、美味《おい》しくはない。

舐めているのは飴玉《あめだま》ではなく人の足なのだから、当たり前だ。だからといって、気に入らないわけではない。

指の付け根に舌先を押しつけて、足首に向かって舐め上げる。

ゆっくりと、時間をかけて。

乾いていた足が少しずつ濡《ぬ》れていく。
足首の少し下で舌を離して顔を上げ、宮城を見る。
頰が少し赤い。
この間もそうだった。
気持ちが良さそうだと言ってもいい顔。
そんな顔をしている。
「こっち見てないで、続けてよ」
不機嫌な声が降ってくる。
宮城は自分の表情に気がついていない。
「仙台《せんだい》さん、舐めて」
私は返事をせずに、宮城の足先に歯を立てる。
強く、歯形がつくくらい強く噛《か》む。
抵抗するように宮城の足が動いて、頭を摑《つか》まれた。
「痛い。この前も言ったけど、命令以外のことしないでよ」
大人しく足の指を解放すると、ふう、と小さく息を吐く音が聞こえた。
初めて足を舐めろと言われた日に指を噛んだのは、彼女に反抗したかったからだ。

命令に従うこと自体に抵抗はない。それでも、足を舐めろと言われたのは見下されたようで気分が悪かった。だから、噛んだ。

でも、今は違う。

宮城の反応を見たくて噛んだ。

私は噛んだばかりの足先に舌をつけ、指を舐め、ゆっくりと濡らしていく。

足の甲にそっと唇をつけ、キスするみたいに何度かくっつけて離すと、髪を引っ張られ、顔を上げることになった。

「仙台さん、やめて。そういうの気持ち悪い」

視線は鋭いが、引っ張られた髪は痛いというほどではなかった。

「そう？　結構良かったりしない？」

「しない。気持ち悪い」

摑まれていた髪が離される。

宮城は眉根を寄せているけれど、頰は薄く染まったままだ。

彼女の顔は、嫌いではない。

特別可愛《かわい》いわけではないが、可愛いほうに分類できるかもしれない。メイクをすればもっと可愛くなりそうだけれど、興味がないのかしていない。勿体《もったい》ないと思うが、わざわざ伝える必要もない。

私は、宮城の足に口づける。

呼吸が乱れていたわけではなかったから、彼女の頬が赤かったのは部屋が暑いからなのかもしれない。それでも宮城がいつもとは違う顔を見せるから、私は足を舐めるくらいたいしたことではないと思い始めていた。

「ちゃんと舐めて」

肩を軽く蹴られる。

「暴力は契約違反」

「こんなの暴力じゃないし」

また軽く蹴られて痛くもない肩を押さえると、宮城が「舐めて」ともう一度言った。私は黙って、舌先で足の甲に触れる。

逆らおうと思えば、いつだって逆らえる。

彼女は命令していうことをきかせていると思っているのかもしれないが、命令させてあげているだけだ。

私はいつでも契約を反故《ほご》にして、ここを出て行くことができる。でも、この部屋は居心地がいいからここにいてあげている。

私は、少し冷たい足の甲に舌を這わせていく。

べたりと濡れた足の甲に唇で触れる。

宮城の足が小さく揺れる。

たぶん、三年生になっても、クラスが替わったとしても、宮城は私を呼び出して五千円を渡す。そして、私はそれを受け取る。

五千円が欲しいわけではない。

私に命令して、いうことをきかせていると信じている宮城をもうしばらく見ていたいだけだ。だから、高校生の間くらいは宮城のくだらない遊びに付き合ってあげようと思う。

どうせ、大学は違うだろうし、今だけだろうし。

期間限定と考えれば、今の関係は悪くない。

私は、唇を離して小さく息を吐く。

そして、宮城の足に歯を立てた。

第3話　仙台さんが甘いなんて嘘《うそ》だ

学校は好きでも嫌いでもない。

どちらにしても行かなければならないものだから、どちらであろうと意味はない。今日だって、気は進まないけれど学校に来ている。くだらないことに気を落としながら。

前髪が短い。

トイレの鏡の前、私はため息をつく。

肩より長いくらいの髪はカットに行くほどではなかったけれど、前髪が鬱陶しかった。だから、自分で切ることにしてハサミを入れたら、ほんの少し予定よりも短くなった。切りすぎた髪は、引っ張っても元に戻らない。後悔先に立たずで、前髪は諦めるしかなかった。

でも、短くなった前髪を見るたびに憂鬱になる。こんなとき、することは一つだ。私は教室へ戻る。

『今日、うちに来て』

スマホからメッセージを送る。

打ち込む文章はいつも同じ。

送る時間は二時間目の授業が終わった後だったり、昼休みだったり。放課後というときもある。ただ、どんな時間であってもこのメッセージは仙台さんにしか送らない。

それは、去年の七月から半年と少し経《た》った今も変わらないことだ。

返事はすぐに来ることもあれば、時間を置いてから来ることもあるけれど、断られたことはない。でも、予定があるから遅くなると言われることはある。今日はまさにその予定がある日だったらしく、仙台さんからの返事には『先約があるから、少し遅くなるけどいい？』と書かれていた。

『家で待ってる』

こんなときの定型文を送って、授業を受ける。

予定というのは、茨木《いばらき》さんとの約束に違いない。

私は窓際《まどぎわ》の席から、ちらりと廊下側に座る茨木さんを見る。

彼女は派手でノリが良くて、クラスの中心にいる人だ。いつも誰それが格好いいだとか、可愛いだとかそんなことばかり言っている。私には興味のない話ばかりが聞こえてくるから、別世界の人間だとしか思えない。それによくわからない理由で怒ることがあって、私たちの間では近寄らないほうがいい人で通っていた。

　仙台さんは、あんな人と一緒にいて疲れないのだろうか。

　先生の声を聞き流しながら、一番前の席に視線をやる。

　目に映るハーフアップにした髪は、綺麗《きれい》に編まれている。

　彼女は私の部屋ではだらしがないけれど、学校では違う。気配りができて優しくて、勉強もできる。いつもにこにこしていて、嫌な顔をすることがない。そのせいか、クラスでも目立つグループにいるのに仙台さんを嫌いだと言う人はいない。

　でも、八方美人だと陰で言われている。

　真剣に授業を受けているように見える本人が知っているのかわからないけれど。

　私は、少しばかり短くなりすぎた前髪を引っ張る。

　授業は五十分のはずなのに、酷《ひど》く長い。先生の声はお経のようで眠くなる。

　私はもやがかかったような頭で二つの授業をこなし、家へと帰る。

　ただいまと玄関のドアを開けても、返事はない。家には誰もいないのだから、当然だ。

　部屋に入って制服のまま、ベッドに寝転がる。慌てて帰ったわけではないけれど、インターホンはなかなか鳴らなかった。

　うとうと、と。

襲ってきた睡魔に身を任せていると、メッセージの着信を知らせるスマホに叩《たた》き起こされる。目を擦りながら画面を見れば、短い言葉が表示されていた。

『今から行く』

それから、三十分。

私は待たされ、彼女が部屋にやってきた。

「ごめん。遅くなった」

五千円を受け取った仙台さんがコートと制服のブレザーを脱いで、テーブルの前に座る。

「いいよ。仙台さんが家に帰るのが遅くなるだけだし」

彼女がどう答えるのかは知っている。

私はサイダーを仙台さんの前に置き、向かい側に座ってベッドを背もたれにする。

「平気」

うちは放任主義だから。

何度か聞いたその言葉通り、今日も仙台さんは帰る時間を気にしようとしなかった。遅くなることに文句を言われないのは、それだけ家族に信用されているからなのかもしれない。

「ねえ、宮城《みやぎ》。今日、なんの日か知ってる？」

唐突に言って、仙台《せんだい》さんが鞄《かばん》を開ける。

「――煮干しの日」

二、一、四で、に、ぼ、し。

二と四は良いけれど、一を〝ぼ〟と読むのは無理があると思う。けれど、語呂合わせなんてそんなものだ。少しくらい無理があっても、二月十四日は煮干しの日だと言い切ってしまえば大多数はそんなものだと納得するし、全国煮干協会が制定した記念日なのだから納得するしかないはずだ。

でも、仙台さんは納得しないタイプらしい。

眉間に皺《しわ》を寄せ、不機嫌そうに言った。

「そういうモテない男子みたいな答えいらないから。真面目に答えて」

「バレンタインデーでしょ」

世の中は浮かれているけれど、面白くない日だ。

昨日とさして変わらない。

「正解。羽美奈《うみな》たちと友チョコ交換することになっててさ、それで遅くなっちゃって。で、宮城の分も持ってきたから」

「え？」

「昨日、羽美奈たちにあげる分作ったからついでに作った」

仙台さんが軽い口調で言って、丁寧にラッピングしてある箱をテーブルの上に置く。

花柄のラッピングペーパーにピンクのリボン。

中身は手作りチョコレート。

すべて女子力が高くて、背中がむずむずする。

「いらない？」

箱をじっと見たまま手に取らずにいる私に、仙台さんが怪訝《けげん》な顔をする。

「私、返すチョコないし」

「友だちに渡さないの？」

「そういうのやらないから」

好きな人に渡したいからと言って、バレンタインデーに向けてチョコレートを作る友だちはいる。誕生日にプレゼントを贈ることもある。でも、クリスマスだから、ハロウィンだからと、なにかイベントがあるごとにきゃあきゃあ騒いでプレゼントを贈りあうような友だちはいない。

友チョコを交換するなんて習慣、異文化のものだ。

「そっか。ま、チョコを交換したいわけじゃないから、なにもなくていいよ。もらって。

宮城がいらないなら持って帰るけど」

仙台さんがにこりと笑って、「どうする？」と聞いてくる。

「……食べる」

「どうぞ」

私はテーブルに置かれた可愛《かわい》すぎる箱を手に取って、リボンをほどく。ラッピングペーパーを破らないように剝がして、箱を開ける。

白に茶色にピンク色。

市販のものより小ぶりな六個のトリュフが鎮座していた。

「仙台さんが作ったの？」

「作ったって言ったじゃん。ちゃんと食べやすい大きさになってるでしょ」

珍しく誇らしげに仙台さんが言う。

確かに、トリュフは一口でぱくりと食べられそうなサイズに作られている。見た目はお店で買ってきたチョコレートみたいで、料理が苦手な私からしたら手作りという言葉が嘘のようだ。

神様は不公平だと思う。

仙台さんは綺麗で、勉強ができて、料理もできる。同じ人間なのに、私は彼女が持っているものをなにも持っていない。

ずるい。

思わずチョコレートを睨《にら》むと、仙台さんが言った。

「美味《おい》しくできたと思うけど」

彼女の言葉に、トリュフへ手を伸ばす。

けれど、私はすぐにその手を引っ込めた。

「仙台さんが私に食べさせて」

「命令?」

「そう、命令」

最近の仙台さんは命令されることに慣れてしまったのか、悪戯《いたずら》が過ぎる。あれから何度か足を舐《な》めろと命令したけれど、必ず命令以外のことまでしてくる。

噛《か》みついたり、唇を押しつけたり。

そういうことは望んでいない。

従うべきは仙台さんで、痛かったり、変な気持ちになるのは仙台さんのほうだ。

だから、今日は私が同じことをする。

「こっち来て」

ベッドを背もたれにしたまま仙台さんを呼ぶと、彼女は素直に私の隣に座った。

「どれから食べたい？」

「白いのから」

粉砂糖がまぶされたトリュフを指さす。

「わかった」

仙台さんが白いトリュフを人差し指と親指でつまむ。

すぐに小さな雪玉みたいな塊が近づいてきて、唇にくっつく。仙台さんの細くて綺麗な指ごと食べてしまおうと口を大きく開けると、舌先にチョコレートが触れて粉砂糖の甘さに気を取られた。目的を忘れかけてトリュフに歯を立ててしまい、仙台さんの手首を摑《つか》む。

「食べないの？」

問いかけは形式的なもののようで、トリュフが私の意思を無視するように押し込まれる。

摑んだ手首を離すと、粉砂糖の甘さが口の中に広がった。

チョコレートはあと五個ある。

彼女の指への悪戯は後に回して、チョコレートの塊を咀嚼《そしゃく》する。

美味しい。

甘いけれど、その甘さが口の中にいつまでも残ることがない。舌の上で滑らかに溶けていくトリュフは、何個でも食べられそうだ。

「唇、白くなってる」

仙台さんが笑って、手を伸ばしてくる。

長くて細い指で唇を拭われ、私は彼女の手を払い除《の》けた。

「甘すぎた？」

乱暴に指先を遠ざけたことへの文句ではなく味を尋ねられ、苛立《いらだ》ちを感じる。

この仙台さんは、学校で見る仙台さんだ。

教室ではいつも笑っていて、怒ったところを見たことがない。学校ではないこの部屋でも、線を引き、自分だけ違う場所にいるかのように振る舞う仙台さんを同じ場所まで引きずり下ろしたくなる。

「ここ学校じゃないから」

ファンヒーターの設定温度を一度上げて、サイダーを飲む。

「どういうこと？」

「いい人ぶってる」

「ぶってるんじゃなくて、いい人だし」

仙台さんが恥ずかしげもなく言い切って、笑みを浮かべる。

「ここだと、いい人じゃないでしょ。いい人っていうのは、このチョコくらい甘い人だと思うけど」

「じゃあ、いい人じゃん。甘くて、優しいし。宮城に友チョコもってくるくらいだよ？」

「友チョコって、大体私たち――」

友だちじゃない、という言葉は出てこなかった。

きっと、わざわざ口にするようなことじゃないからだ。私たちが友だちであるかどうかはたいした問題ではないし、友チョコが友情の証《あかし》というわけでもない。

そう、どうでもいいことだ。

「なに？　続きは？」

「もう一個ちょうだい」

誤魔化すように言うと、仙台さんは言葉の先を追求することなくピンク色のトリュフをつまんだ。

「これでいい？」

「いいよ」

私は、彼女の指を見る。

透明なマニキュアに覆われた爪は短くも長くもない。手入れされていて綺麗《きれい》だ。でも、手の指よりも足の指が気になる。

初めて彼女に足を舐めてと命令した日、足の指を噛まれた。

歯が肉に食い込むほど噛まれて、やめてと強く命令するまで噛まれ続けた。

その上、噛み跡をなぞるように舐められた。

痛くて、ぞわぞわして。

気持ちが悪いのに、思ったほど嫌じゃなかった。似たようなことは別の日にもあって、同じように感じた。

望んでいない感情を与えてきた彼女に同じ感情を与えたいと思ったけれど、仙台さんのように人の足を舐めるなんて絶対に嫌だ。だから、手なら、と思った。チョコレートを介するなんて回りくどいことをせずに命令するという方法もある。でも、それではつまらない。

不可解な感情は、突然やって来なければならない。

「どうぞ」

柔らかな声に誘われるように大きく口を開け、仙台さんの指ごとトリュフに齧《かじ》り付く。チョコレートを噛むにしては強い力を込めて歯を立てると、噛んだ肉の柔らかさに厚いステーキにナイフを入れたときに似た高揚感を覚えた。

最近、お父さんとステーキを食べたりなんてしていないけれど。

「宮城《みやぎ》、痛い」

仙台《せんだい》さんが抗議の声を上げる。

でも、離さない。骨を感じるほど強く噛み続ける。

「ちょっと、宮城。痛いって」

学校で聞く声とは違う低く強い声が鼓膜を刺激する。

暑くなかった部屋がやけに暑い。チョコレートの甘さに、骨の硬い感触に、もっと、という声が頭の中に響く。

私は、指に立てた歯にもう少しだけ力を加える。

ぎりぎりと皮膚に歯が食い込んでいき、仙台さんの指が小さく震えた。

「宮城！」

鋭い声に、彼女の指を解放する。そして、口の中に残ったチョコレートをゆっくりと味わう。

「……仕返し？」

仙台さんが自分の手を見ながら静かに言った。

怒っているようには見えない。でも、痛そうには見えた。

「どうだろうね。手、貸して」

トリュフをすべて溶かして胃に落とし、催促すると、仙台さんがこれから起こることを察して少し嫌そうな顔をした。でも、私の言葉に逆らわない。黙って差し出された手は命令したわけではないのに、唇に着地する。

私は、舌先で彼女の指に触れる。ゆっくりと自分が付けた歯形をなぞると、仙台さんが切りすぎた前髪を引っ張った。

「髪、切った？」

切りすぎたと言っても、ほんの少しだ。

学校で話もしない仙台さんが気づくほど切ったわけじゃない。

私たちの間には、ガンジス川くらいの隔たりがある。

――ガンジス川がどれくらいの大きさか覚えてはいないけれど、明確に切り分けられている。それくらい遠い場所にいるはずなのに、少しだけ切りすぎた前髪に気がつく仙台さんに心がざわつく。

私は返事の代わりに、指を強く噛もうとした。でも、それよりも早く口の中に指が押し込まれ、第二関節近くまで入り込んでくる。指が口内を探るように動き、頬の粘膜に指先が触れて、背骨の辺りがピリピリとした。

制御できない感情がわき上がってくる。

気持ちが悪いくせに、やめてほしいとは思わないようなおかしな気持ちが胸の中で大きくなっていく。

嫌だ。

私は、口の中を動き回る指を柔らかく噛む。舌を押し当てて指を舐めると、それは強引に引き抜かれた。

「美味しかった？」

何事もなかったように尋ねてくる仙台さんを見る。

彼女も足を噛まれた私と同じように、痛くて、ぞわぞわするような気持ちになったのだろうか。

わからない。

仙台さんには笑顔がぺたりと張り付いていて、感情というものが覆い隠されていた。

期待した反応を得られなかった私は、素っ気なく答える。

「チョコレートのほうが美味しい」

「そうだろうね。まだ食べる？」

仙台さんが笑顔を崩さずに言う。

今、起こったことはなんでもないことだと思わせるような顔をする彼女が嫌いだ。

痛いと声を上げるくらい指に歯を立てられ、その上、舐《な》められて嫌だと思わないはずがない。だから、取り繕うような余裕を彼女から消し去ってしまわなければならない。

「それちょうだい」

私は、ココアパウダーらしきものに覆われた茶色いトリュフを指さす。

「口、開けて」

仙台さんはそう言うと、リクエスト通りに三個目のチョコレートをつまみ上げる。

これから起こること。

彼女はそれをわかっていて、茶色い塊を私の口に運ぶ。マニュアルに書かれた手順を守るようにチョコレートが唇に触れ、私も決められていることを守るようにトリュフを仙台さんの指ごと齧《かじ》る。

「宮城、痛い」

そういう台詞《せりふ》を口にするという台本でもあるかのごとく、仙台さんが声を上げた。でも、ただ声として出しているだけで、痛いという言葉には気持ちがこもっていない。

当然だ。

まだそれほど強くは噛《か》んでいない。

私は、犬歯に触れた指に跡を付けるように力を入れる。

ぎりぎりと少しずつ。

仙台さんの指先に歯を埋めていくと、舌先でチョコレートが溶けていき、まるで彼女の指が甘くて美味《おい》しいような気がしてくる。トリュフごと食べてしまいたくなって犬歯をさらに強く突き立てると、額をぐっと押された。

「痛いってばっ」

今度の言葉に嘘《うそ》はないようで、聞こえてきた声には感情がこもっている。私のおでこを押す手にも力が入っていた。

「はなして」

仙台さんに命令する権利はない。

だから、私はいうことをきかない。

わざと強く噛む。

すると余程痛かったのか、彼女は命令するような口調でもう一度「はなして」と言ってから指を引き抜いた。口の中にはチョコレートだけが残り、私はそれを溶かして飲み込む。

友だちじゃなくても、彼女が作った友チョコは美味しい。彼女が想定した友チョコの活用法とは違うだろうけれど、私の役には立っている。ついでに作られたチョコレートなんだから、その末路がどうなろうとたいした問題じゃない。

でも、作った本人の顔を見ると笑顔が消えていた。

「ティッシュ取って」

いつもより少し低い声で仙台さんが言う。

ワニのカバーが付いたティッシュの箱は、私の斜め前にある。近いか遠いかで言えば、仙台さんよりも私に近い。

彼女の指を見ると、ココアパウダーらしきものやチョコレートがついていた。

透明なマニキュアに覆われた爪も汚れている。

別に、それを拭うのはティッシュじゃなくてもいい。

私は仙台さんの言葉を無視して、彼女の人差し指に舌を這《は》わせる。とても馬鹿馬鹿しい工程だけれど、仙台さんを汚した私自身が彼女をもとの綺麗な仙台さんに戻していく。

「宮城」

聞こえてくる声は聞こえなかったことにして、指先に唇を押しつけて自分が付けた歯形を舐める。第二関節の上に舌を這わせて指の根元を吸うと、ちゅっと小さな音がして、仙台さんがぴくりと震えた。

「ちょっと、それ気持ち悪い」

彼女の声は平坦《へいたん》だった。

けれど、きっと、仙台さんは過去の私と同じ気持ちになっている。

気持ちが悪いけれど、それだけじゃない感情。

平坦な声の中にそういう気持ちが見えたような気がして、私は指に舌を押しつけるが、チョコレートが連れてくる甘さはすでに消えていた。

人の皮膚は、今まで口にしたどんなものにも似ていないと思う。特別に熱かったり、冷たかったりもしなくて、人間の指なんて美味しいものじゃない。

それでも、今日一番楽しい時間が今だ。

私は親指に舌を這わせる。

人差し指にしたように、彼女の指を舐める。チョコレートを溶かすようにゆっくりと舌を這わせていると、仙台さんが小さく息を吐いた。

「宮城、ふざけすぎ」

言葉とともに肩を強く押され、彼女の指を解放する。そして、背中からティッシュを生やしているワニを仙台さんに放り投げた。

「こんなことして楽しい？」

指を拭いながら、仙台さんが私を見る。

「もちろん」

にっこり笑って答えると、ぐいっと押しつけるようにワニが返される。

「どういう趣味なの。もしかして人間食べる趣味でもある？」

「そんな趣味はないけど」

「じゃあ、噛まないでよ。マジで痛かった。これって、契約違反じゃないの？」

呆《あき》れたように言って、仙台さんがサイダーを一口飲んだ。

「暴力じゃないいし。それに仙台さんも私に同じことしたんだから、少しくらい我慢したら」

「同じことって？」

「私の足、噛んだことあるじゃん」

「こんなに強く噛んでない。指、噛み切られるかと思った」

「チョコを食べた結果、そうなっただけだから」

「まだ食べるつもり？」

「どうしてほしい？」

「……好きにすれば」

仙台さんがゴミを投げ捨てるように言う。

私は、彼女と友だちになりたいわけじゃない。

お金でしか繋《つな》がっていないし、お金でだけ繋がっていればいい。

だから、仙台《せんだい》さんがなにを考えていても関係がないし、私には彼女を好きにしていい権利がある。

そのはずだ。

でも、だけど、口から出たのは思ってもいなかった言葉だった。

「夕飯、食べてく？」

「食べてく」

仙台さんが即答する。

一人よりは二人。

美味しさは変わらなくても、誰かと食べたら食事というものに近づくような気がする。

私は立ち上がり、キッチンへ向かう。言わなくても、仙台さんが後をついてくる。電気を点《つ》けて、エアコンのスイッチを入れ、対面キッチンのリビング側に仙台さんを座らせる。

私は冷凍庫からフライドポテトを取り出して、袋ごと電子レンジに突っ込む。お皿を二つ並べて、冷蔵庫から引っ張り出したレトルトのハンバーグをのせる。電子レンジが鳴ったら、フライドポテトとハンバーグを入れ替える。

私がやったことと言えばそれくらいで、すぐに夕飯ができあがった。それでも、三分でできあがるカップラーメンに比べれば時間がかかっている。

「できた」

ハンバーグとフライドポテトをのせたお皿とご飯を仙台さんの前に置くと、彼女が嬉《うれ》しそうな声を出した。

「二人分あるんだ」

まるで私が仙台さんの分までハンバーグを買っておいたみたいに言う。

「お父さんの分」

今日はそういう日だった。

お父さんの分までハンバーグが買ってあった。

ただそれだけで、仙台さんのために用意したわけじゃない。

「私が食べたらお父さんはどうするの？」

仙台さんが母親のことは聞かずに、父親のことだけを聞く。

「他にもあるから」

私が口にした言葉は間違っている。冷蔵庫は、もう空っぽも同然だ。でも、お父さんが家でご飯を食べることはほとんどないから、中身があってもなくても変わらない。

「だから、それ食べて」

素っ気なく言って、仙台さんの隣に座る。いただきますと小さく言うと、重なるように隣からも同じ言葉が聞こえてきた。だからといって気が合うわけでもないから、後は黙々と食べることになる。

会話がないことは、それほど苦にならない。無理に話を合わせるよりは楽で、私は仙台さんの指よりもはるかに柔らかいハンバーグを咀嚼《そしゃく》する。二人の間には、箸と食器が立てる音だけしかない。ハンバーグとフライドポテトが少しずつ減っていき、お皿の上があらかた片付いた頃に仙台さんが口を開いた。

「今度、夕飯作ってあげようか？」

「急になに？」

「いらない？」

トリュフは美味しかったから、仙台さんが作る料理は美味しいのだと思う。けれど、仙台さんに夕飯を作ってもらう理由がないし、命令していないことをしてほしくはない。

私たちの関係を作っているのは〝命令〟だけのはずだ。

「作らなくていいから」

「そっか」

仙台さんが落胆もせずに言って、ハンバーグを口に運ぶ。

静かに食べれば、食事はすぐに終わる。十二月の馬鹿みたいに寒い日にカップラーメンを食べたときと変わらない。食器は後から洗うことにして、私たちは部屋に戻る。

「まだ命令したいことある？」

「ない」

「じゃあ、帰る」

仙台さんがブレザーとコートを着て、玄関へ向かう。

「送るね」

二人で玄関を出て、エレベーターに乗り込む。

「トリュフ、美味しかった。ありがと」

五、四と減っていく数字を眺めながら、私はもらったものの感想とお礼を伝える。それくらいの常識は持ち合わせている。

「どういたしまして」

仙台さんの声が聞こえて、エレベーターが止まる。エントランスまで歩いて、「またね」と仙台さんが手を振った。

「バイバイ」

いつものように彼女の背中に声をかけると、仙台さんが振り向く。今まで一度だって振り向いたことがないのに振り向いて、「バイバイ」と言ってもう一度手を振った。

◇◇◇

バレンタインデーが過ぎて、残っていた三個のチョコレートはとっくになくなっていた。また食べたいというわけではないけれど、もう二、三個くらいあっても良かったと思う。甘い物は好きだし、いくらあっても困らない。

でも、それは仙台さんが作ったものである必要はない。誰が作ったものであっても美味《おい》しかったらそれでいいし、極端にまずいわけでなければ美味しくなくてもかまないと思う。仙台さんが作ってあげようかと言っていた夕飯だってそうだ。美味しくても、美味しくなくてもかまわない。胃の中に入ってしまえば、どんなものでも同じだ。

……まあ、作るという言葉は仙台さんがなんとなく口にしただけで、本当に作るつもりがあったのかどうかわからないけれど。

私は先生の声を遠くに聞きながら、胃の辺りを押さえる。

黒板の上に張り付いた時計を見ると、授業が始まってからそれほど時間が経《た》っていなかった。少なくとも、あと三十五分は待たなければ昼休みにならない。

「次、宮城《みやぎ》」

ゲームに出てくる眠たくなる呪文のような声で、先生に呼ばれる。上の空で聞いていたけれど、教科書を読まなければならないことはわかった。

立ち上がって、英語の教科書を持つ。

英語ができなければならない仕事をするつもりはない。日本から出るつもりもないから英語ができなくても困らないけれど、容赦なく英語の授業はやってくるし、先生が当ててくる。

だから私は、気が進まないまま教科書を読み上げる。

記憶にある単語に混じって見たことがあるのかどうかあやふやな単語があって、声が途切れる。ところどころ先生が補完してくれるけれど、口にしている発音が合っているのか自信がない。

「もういい、座れ。宮城、お前はもう少し真面目に授業を受けろ」

先生が困ったように言う。でも、真面目に授業を受けたところで、英語がわかるようになるとは思えなかった。

「じゃあ、仙台。続きから」

はい、と返事をして仙台さんが立ち上がる。

背筋をぴっと伸ばして、教科書を読み始める。

淀《よど》みなく流れる声は、澄んでいた。読み間違えることもなく、つかえることもなく教科書の文字が音になっていく。文字にするならば、仙台さんの声は筆記体で、私の声は子どもが書いた頼りないブロック体だ。

彼女は、大抵のことをそつなくこなす。

私は教科書を眺めながら、ため息をつく。

解《げ》せないと思う。

髪は茶色っぽいし、メイクだってしている。スカート丈だって決まりより短い。校則を守っていないのに、仙台さんは先生から守られている。そもそも本人は清楚《せいそ》系だとか言っているけれど、メイクをしているのは清楚なのか、人の足に噛《か》みつくのは清楚なのか、はなはだ疑問だ。

でも、いくらこんなことを考えていても境遇は変わらないし、私が仙台さんのようになんでもそつなくこなせるようになることはない。

ぺらりと教科書をめくる。

しばらくして仙台さんの声が途切れ、チョークが黒板を走る音が聞こえてくる。ノートには考えもせずに黒板を写し取った文字が並び、長い、長い時間が過ぎていく。先生は昼休みを五分奪って授業を終え、私はすぐに鞄《かばん》からスマホを取り出した。

教室の一番後ろから友だちの舞香《まいか》がやってくる前に、メッセージを送る。

相手は仙台さんで、内容は決まっている。

『今日、うちに来て』

返事はすぐにきて、放課後の予定が埋まる。

学食でお昼を食べて、午後の授業を受ければあっという間に学校での用事がなくなる。寄り道をしていこうという舞香に別れを告げて家に帰れば、仙台さんから『もうすぐ着く』とメッセージが届く。ベッドでごろごろしていると、インターホンが鳴って部屋に仙台さんがやってきた。

「お待たせ」

仙台さんはそう言うと、コートとブレザーを脱いで本棚の前に座り、本を探し始めた。私は彼女の頭の上に五千円札を一枚のせて、部屋を出る。パタパタとスリッパを鳴らしてキッチンへ向かう。

グラスを二つ並べて、冷蔵庫からサイダーを取り出して注ぐ。それを部屋に持って入ると、仙台さんは我が物顔でベッドに横になっていた。

だらしなく寝転んでいる彼女の横には、漫画が三冊積んである。いつものことだからと、私はテーブルの上にグラスを置いて、本棚から漫画を何冊か引っ張り出す。そして、ベッドを背もたれにして床に座り、何度も読んだ本のページをめくる。

命令と言っても、そんなにバリエーションがあるわけじゃない。この部屋にいる仙台《せんだい》さんは私の下僕のようなものだけれど、ある程度の決め事があるからできることには限りがある。それに、いつも彼女に酷《ひど》いことをしたいわけではないし、変わったことをさせたいわけでもなかった。

だから、時間は静かに過ぎていく。

漫画を一冊、二冊と読み進める。

部屋には、ページをめくる音とファンヒーターが温風を吐き出す音だけしかない。私が三冊目の漫画を手に取ると仙台さんの声が聞こえてきて、彼女を見る。

「宮城ってさ、ゲームはしないの？」

「するけど」

「イケメンに口説かれるヤツとか？」

漫画から目を離さずに、仙台さんが言う。

「そういうの、しないから」

「へえ。恋愛漫画が多いから、そういうの好きなのかと思った」

恋愛漫画は好きだけれど、それは遊ぶゲームに反映されていない。よく遊ぶのはロールプレイングゲームだ。恋愛を疑似体験するより、他人の人生を追いかけるようなゲームがしたい。

「どうせ、オタクっぽいゲームしかしてないって思ってるんでしょ」

「違うんだ？」

漫画から顔を上げ、仙台さんが悪戯《いたずら》っぽく笑う。

私はそれには答えずに立ち上がる。

意識しているわけではないだろうけれど、彼女は私よりも上に立っているように振る舞う。学校での立場なら、それに間違いはない。でも、ここでは違うから、彼女の態度はあまり面白いものではない。

「英語の宿題やってよ」

鞄の中から教科書とプリントを出して、テーブルに拡《ひろ》げる。でも、仙台さんはベッドに寝転がったままだった。

「これ読み終わったら」

「今すぐ」

「宮城のケチ」

そう言うと、彼女は渋々といった感じで私の向かい側に座った。そして、自分の鞄からプリントを出して問題を解き始める。

「私のに直接書いてくれたらいいのに」

「前から言ってるけど、筆跡で私が書いたってバレるから駄目」

「筆跡真似《まね》してよ」

「バレたときに、一緒に怒られるの嫌だし。それに、みんなにバレるような命令は契約違反だから」

私と仙台さんが放課後に会っている。

一緒になにかをしている。

そういうことがわかるような命令はしない約束だ。だから、仙台さんの言葉は正しいけれど、彼女なら私の筆跡を真似るくらい簡単だと思う。

できるけれど、やりたくない。

そういうことなんだろう。

私は、シャープペンシルのノックボタンで仙台さんの頬をつつく。

「なに？」

「舐《な》めて」

真面目に問題を解いていても仙台さんを見ていてもつまらないから、ちょっとした暇つぶしだ。

テーブルの向こう側、顔を上げた彼女の唇にノックボタンで触れる。そして、口《くち》の端《はし》からペンを滑らせる。ゆっくりとなぞって辿《たど》っていくと、仙台さんは躊躇《ためら》いもせずにそれを舐めて囓《かじ》った。

「そういうのあんまり好きじゃない」

私は彼女の口からペンを引き抜く。

「どういうこと？」

「頼んでないことまでするの」

命令は舐めてであって、囓ってではない。

してほしかったことは、舐めることだけだ。

「仙台さん、命令されるの好きだったりする？　なんか楽しそうだし」

「楽しそうに見える？」

嬉々《きき》として、というわけじゃない。でも、少なくともやりたくないというようには見えなかった。

今まで仙台さんが私の命令に従わなかったことはなかった。

私の望みは叶《かな》っているはずなのに、今はそう思えない。

「――楽しそうに見えないようにしてよ」

私は、彼女の口の中にペンを強引に押し込む。ノックボタンで舌をつついて、上顎をひっかくように動かす。そのままペンを引っ張り抜くと、仙台さんは顔を顰《しか》め、不機嫌だとわかる皺《しわ》を眉間に作っていた。

「そういう顔してて」

友だちに対してこんなことを思ったことはない。

でも、仙台さんは友だちじゃないから、こんなことを考えたっていい。

「やっぱり宮城はヘンタイだ」

学校では聞かないような低い声で言って、仙台さんが私からペンを奪おうとした。でも、それをかわして、私は笑顔を作る。

「そうかもね」

学校では嫌な顔一つしない彼女が、露骨に嫌そうな顔をする。

いい人でしかない仙台さんがいなくなる。

誰も知らない仙台さんが現れる。

その瞬間がたまらなく好きなのだと思う。

私と交わることのないグループの人間で、キラキラしていて、いつも楽しそうで、学校生活の良いところを全部集めて自分のものにしている仙台さんはここにはいない。

私は、シャープペンシルの先で仙台さんの手の甲をつつく。

「ちょっと危ない」

仙台さんがむっとした声を出す。彼女の皮膚に芯が折れるほどペン先を埋め込むと、「痛い」という声が聞こえた。

私はペンを仙台さんの手から離し、ワニの背中に生えたティッシュを一枚抜き取って濡《ぬ》れたノックボタンを拭う。

「ねえ、夕飯って作ってくれるの？」

あの日、気まぐれで口にしたであろう言葉が真実なのか確かめる。

「食べたくないんでしょ」

仙台さんが冷たい声で言って、小さく息を吐く。そして、気持ちを落ち着かせるように一度目を閉じてから私を見た。

「でも、命令なら作るけど」

静かにそう言って、プリントに英単語を綴《つづ》り始める。

私は五千円を払って、仙台さんに命令をする。
でも、夕飯を作ってくれなんて命令はしない。
命令はもっと別のことに使う。
私は、彼女が書いた綺麗《きれい》な文字を真似るようにプリントにペンを走らせた。

第4話　宮城《みやぎ》が美味《おい》しくないことは知っている

「ただいま」

家に帰ってきたという儀式の一つとして、リビングに向かって声をかける。明かりが漏れる部屋からは笑い声が聞こえてくるが、それだけだ。聞こえているはずの声に返事がないことは当たり前すぎて、文句の一つも出てこない。

大体、今日になって突然「おかえり」なんて言われても困るから、返事はないほうがいい。そのほうが自然だ。

夕飯は宮城の家で体に悪そうなお弁当を食べてきたから、お腹《なか》は空《す》いていない。リビングに寄る理由もない私は、自分の部屋へ行く。

過不足なく必要なものが揃《そろ》った部屋の中、制服を脱いで部屋着に着替える。宿題も宮城の家でやってきたから、今日やるべきことはすべて終わっている。私は鞄《かばん》の中から財布を出して、宮城からもらった五千円札を抜き取る。そして、チェストの上に置いてある五百円玉でいっぱいにすると百万円が貯《た》まるという貯金箱に、その五千円札を捻じ込んだ。

いくら入ってるんだろ。

週に一度か二度、宮城から五千円を受け取っている。この中に五千円札を何枚入れたのか覚えていないが、そんな関係が去年の七月から続いているのだから結構な額が入っているはずだ。

わざわざ開けてまで確かめるつもりはないし、いくら入っていても使う予定があるわけではない。でも、私が宮城と過ごした時間がどれくらい詰まっているのかは気になった。

振ってみると、カラカラと音がする。

それはたぶん、五千円を貯めるようになる前に入れた五百円玉が立てた音で、詰め込んだ時間を知る手がかりにはならない。

私は、貯金箱をチェストの上に戻す。

宮城は、ちょっとした命令をするために五千円を払う。

高校生には大金で、本当なら気軽に出せる金額ではないそれを毎回渡してくる。お金には困っていないと言っていたが、貯金箱の五千円のことを考えると少し気が重くなる。命令の内容が金額に見合うものであれば、もらった五千円に思いを巡らすこともないのかもしれなかった。

そうを考えると、今日、ペンを口の中に押し込まれて感情を露《あら》わにした私に宮城が言った『そういう顔してて』という言葉は五千円に釣り合うものだったのかもしれない。

あのときの宮城は今までで一番、楽しそうに見えた。

だが、あれが五千円と引き換えにすべきものだとしたら、歓迎したいことだとは思えなかった。彼女に告げた「やっぱり宮城はヘンタイだ」という言葉は間違っていないし、私は嫌だと思うようなことを進んでするような変態でもない。

こんなことなら、犬のように従順になれと言われたほうがマシだ。

嫌がっている顔が見たいだなんて、宮城は病んでいるとしか言いようがない。

「なに考えてるんだか」

誰に言うわけでもなく呟《つぶや》いて髪をほどくと、スマホがメッセージの着信を伝えてくる。画面を見ると羽美奈《うみな》からで、『見た？』とだけ書いてあった。

そういえば、今日は羽美奈が好きなドラマの日だっけ。

テレビをつけるとドラマは終盤で、『お風呂《ふろ》入ってた。録画したの見る』と送っておく。

これからドラマを見るとして、ＣＭを飛ばしても五十分近く拘束されることになる。

考えるまでもなく面倒くさい。

見なければならないドラマは恋愛もので、そのジャンル自体は嫌いではないけれど、羽美奈が好きなドラマはストーリーが好みではなかった。時間の無駄とまでは言わないが、つまらないドラマを見るくらいなら他のことをしたい。

宮城に続けて呼ばれることはほとんどないから、明日の放課後はたぶん羽美奈たちと出かけることになる。それはありふれた放課後で、彼女たちと過ごすこと自体は嫌ではないが、その時間を快適にするために踏む手順はほんの少し面倒だ。

明日、出かけたら絶対にドラマの話になる。

「見てないって言ったら、機嫌悪くなるだろうしなあ」

相手が宮城だったら、わざわざドラマを見る必要もないのに。

私はベッドに寝転がって、腕を伸ばす。

部屋の明かりに手をかざし、人差し指を見る。

バレンタインデーに宮城に噛《か》まれた跡はとっくに消えていた。

まあ、残っていても困るけれど。

あの日は、躊躇うことなく人の指を噛んできた宮城に驚いたが、次の日まで歯形が残るようなことはなかった。

みんなに私たちのことがバレるようなことをするのは契約違反。

指に歯形が残って羽美奈たちに追及されるようなことがあったら、ルールを守らなかったことになる。だから、宮城なりに加減してくれたのかもしれなかった。もしかしたら歯形というものはそんなに跡が残り続けるものではないのかもしれないが、今まで歯形を付けられたことなんてないから、宮城の配慮だったのか偶然だったのかはわからない。

私は歯形があった場所を撫《な》でてみる。

痛みもなにもない。

唇で触れて、見えない跡をたどるように舐《な》めてみる。

別になにも感じない。

そうだよね。

第二関節から指の根元辺り。

宮城に舐められて気持ちが悪かった。でも、同時に柔らかな舌が神経を撫でるようなおかしな感覚があった。

――私も宮城と同じ顔をしていたのだろうか。

宮城の足を舐めて、噛んだ。

あのときの彼女の顔を覚えている。

私もああいう顔をしていたのだとしたら。

小さく息を吐いて、起き上がる。

やっぱり、ドラマを見よう。

私は再生速度を速めることで時間を短縮することにして、リモコンの再生ボタンを押す。

痛いのは好きではない。

ぞんざいに扱われるのも好きではない。

それでも、宮城の部屋は自分の家にいるよりも居心地がいい。

私も毒されているのかもしれないな。

深い意味はないにしても、互いの肌を舐めるような真似《まね》をしたことで距離感がおかしくなっているのかもしれない。でも、今さらそれをどうこうするつもりもないし、宮城も狂ってしまった方向を修正したりしないだろう。

テレビの音量を上げる。

羽美奈が好きだというイケメン俳優の声が大きくなる。

私は、それほど面白いとは思えないドラマに意識を向けた。

◇◇◇

彼氏が欲しい。

格好良くて、浮気《うわき》しない彼氏がいい。

彼氏が、彼氏が、彼氏が。

放課後のカラオケボックスで、羽美奈が決められた単語しか話せないロボットになったみたいに〝彼氏〟を連発していた。

いつものメンバーの一人に彼氏ができたことがわかった結果がこれで、一月の終わりに恋人に振られた羽美奈は彼氏が欲しいマシンになっている。こういうときの羽美奈は面倒だ。せっかくつまらないドラマを見てきたのに、今日はあまり役に立ちそうにない。

「いいよね、葉月《はづき》はモテるから」

羽美奈に名前を呼ばれ、私は笑顔を作る。

モテる。

その言葉が事実であるかどうかは問題ではない。口にすべき答えは初めから決まっていて、否定しすぎず、かといって肯定せずに「羽美奈のほうがモテる」という結末に持っていくことが求められている。

女の子は生クリームの上に色とりどりのフルーツをのせたケーキみたいに飾られているけれど、中身もケーキのように甘いとは限らない。美味しそうだと口に入れたら、毒だったということもある。だから、嫌味にならない程度にモテるという言葉を打ち消しつつ、羽美奈を持ち上げておく。

でも、機嫌が酷《ひど》く斜めの羽美奈は納得してくれない。

「バレンタインデーさ、途中で葉月帰ったじゃん。あれ、誰かに会いに行ったんでしょ？　飯田《いいだ》？　それとも佐々木《ささき》？　もしかしてあたしが知らない男子？」

「この前も言ったけど、そんなんじゃないって。あれは親に呼ばれただけ。彼氏できたら、真っ先に羽美奈に言ってる」

バレンタインデーに宮城から呼び出されて早めに帰ったせいで、翌日、羽美奈たちから彼氏に会いに行ったのではないかと疑われた。それについては誤解を解いたはずだけれど、八つ当たり代わりに蒸し返されることになるらしかった。

羽美奈も悪い子ではない。

私が落ち込んでいれば心配してくれるし、励ましてもくれる。人より感情の起伏が激しいだけだ。

でも、彼女の機嫌を取り続けるのはつらい。

このカラオケボックスにいる四人のうち、一人は彼氏ができて浮かれている。もう一人は羽美奈にちくちくやられて屍《しかばね》になっていた。そうなると、私一人で羽美奈の機嫌を良いほうへ修正しなければならないわけで――。

すごく面倒くさい。

こういうとき、宮城《みやぎ》から連絡が来ればいいのにと思う。

適当な理由をつけてこの場を離れることもできるが、きちんとした用事があったほうが抜けだしやすい。けれど、宮城に続けて呼ばれることはほとんどないという過去の例に漏れず、彼女から連絡が来ることはなかった。

結局、宮城に呼び出されたのは次の週になってからで、その日は体に悪そうな夕飯を一緒に食べた。その次も夕飯に体に悪そうなものを出された。宮城は、夕飯を作れとは一度も言わなかった。

だから、本屋で呼び出しのメッセージを見た今日は、スーパーへ寄って鶏肉《とりにく》を買ってから、宮城の家に向かっている。

お弁当にお惣菜《そうざい》。

他にも、カップラーメンや冷凍食品のようなものを夕飯にし続けるのはどうかと思う。

それに、命令されていないことを私がする瞬間、宮城がどんな顔をするのか見たかった。

私の嫌がる顔をみたいなんてことを言う宮城に気を遣う必要なんてない。家で夕飯を作るのも、宮城の家で作るのも同じだから、私は夕飯の材料を持って宮城の部屋に入る。

「茨木《いばらき》さんたちと会ってたの？」

宮城が五千円を渡すついでといった感じで、この部屋に来ることが遅くなった理由を尋ねてくる。

「今日は違う。これ、冷蔵庫に入れといて」

私は五千円を受け取って、スーパーの袋を宮城に押しつける。

「なにこれ？」

「唐揚げの材料」

「なんでこんなの持ってくるの」

「ここで夕飯作るから」

「そんな命令してない」

宮城があからさまに不機嫌な顔をする。

彼女の命令に従う。

そういう約束ではあるが、この家で夕飯を作ってはいけないという約束はしていない。命令されるまでは自由にしていて良いのだから、今日、私が夕飯を作ることは咎《とが》められるようなことではないと思う。

宮城自身もそれをわかっているのか、夕飯を作るなとは言ってこない。不快そうに眉間に皺《しわ》を寄せているだけだ。

人の嫌がる顔を見たいなんて思ったことはないけれど、命令されていないことをしようとする私を不愉快そうな顔で見ている宮城の姿は面白くもある。

「されてないけど、いつも夕飯ごちそうになってるお礼だから。それにさ、たまにはまともなもの食べたいし」

断ることができなくなるであろう理由を告げて、スーパーの袋をもう一度家主に渡そうとするが、宮城は受け取らない。

「自分で入れれば」

そう素っ気なく言うと、宮城がファンヒーターで暑いくらいに暖められた部屋を出てキッチンへ向かう。私はコートとブレザーを脱いで、彼女の後を追いかける。スーパーの袋を持ったままキッチンへ入り、何人家族なのか聞きたくなるほど大きな冷蔵庫を開けると、見た目の大きさに反して中は清々《すがすが》しいほどに物が入っていなかった。

「冷蔵庫、ほぼ空っぽじゃん。ジュースしかないって、ヤバくない？」

「ヤバくない」

低い声がこれで良いとばかりに断言する。

まあ、人の家の冷蔵庫に文句をつけてもね。

私は、黙って夕飯の材料を冷蔵庫に詰め込んでいく。スーパーの袋が空に近くなり、どうせこの家にないだろうと買ってきた小麦粉と片栗粉《かたくりこ》を取り出したところで宮城に声をかけた。

「今日の命令なに？」

「なんでもよくない？」

「後からでもいいなら、先に唐揚げ作ろうかなと思って」

「決めてないし、好きにすれば」

宮城が投げやりに言って、キッチンを出て行こうとする。

「待って。切ってほしいものがある」

冷蔵庫からキャベツを取り出して、宮城に渡す。

「私が切るの？」

「宮城以外、誰がいるの？」

「作るって言ったの仙台《せんだい》さんなんだから、全部自分でやんなよ」

「もしかして、千切りできない？」

まな板と包丁を洗いながら問いかけると、低くて小さな声が聞こえてくる。

「……やる」

千切りができるのか、それともできないのか。

よくわからないが、宮城がキャベツをまな板の上に置く。

私はその隣で、生姜《しょうが》をすりおろして醤油《しょうゆ》とお酒の中に入れる。にんにくは、あまり好きではないから入れない。合わせた調味料の中に、すでに適度な大きさに切られている唐揚げ用の鶏肉を投入して揉《も》み込む。

ふと、宮城が気になって隣を見ると、彼女はキャベツではなく指を切ろうとしていた。

というと大げさだが、自分が包丁を持たせてはいけない人間に包丁を持たせたことはわかった。

「宮城、ちょっと待って。それ、危なくない？」

「どこが？」

「手だって、手！　猫の手みたいにしなよ」

「猫の手ってなに？」

「昔、調理実習で言われなかった？」

左手は丸めて、切るべき対象を押さえる。

そう習ったはずだ。でも、宮城は指先でキャベツを押さえていて怖い。

「覚えてない」

宮城が言い切って、包丁を下ろす。そして、キャベツが千切りと言うよりざく切りの幅でまな板に散った。

「その切り方、キャベツじゃなくて手を切るって。包丁も持ち上げすぎだってば」

振り下ろすと言ったら言い過ぎだが、ザンッと結構上のほうから包丁を下ろしている。

「仙台さん、横からごちゃごちゃうるさい」

「あーもう。宮城、あっち行ってて」

見ているだけで寒気がする。

これなら、全部自分でやったほうがいい。だが、彼女は引き下がらなかった。

「やるからほっといて」

包丁がキャベツを刻んで、ダンッとまな板が鳴る。

頼んだの、失敗だったな。

いくら後悔しても、千切りを頼む前には戻らない。結局、私はビクビクしながら鶏肉に小麦粉と片栗粉を合わせたものをまぶしていくことになる。

ダン。

ダンッ。

とてもキャベツを刻んでいるとは思えない音が何度か響いてから、宮城が小さく呻《うめ》く声が聞こえた。

「どうしたの？」

返事がない。

「宮城？」

彼女の手元に視線を落とすと、キャベツの緑に混じって赤が見えた。

「ちょっと宮城。血、出てる。切ったなら、切ったって早く言いなよ」

手についた粉を洗い流して、宮城の手首を摑《つか》む。水を流しっぱなしの蛇口に彼女の手を近づけようとすると、水道が止められた。

「こういうときって、切った指を舐《な》めたりするんじゃないの？」

「漫画の読み過ぎ。舐めても傷は治らないし、よく洗って絆創膏《ばんそうこう》貼ったほうがいいよ」

「消毒は？」

「消毒は傷の治りが遅くなるみたいだから。で、絆創膏どこ？　ないなら、私の持ってこようか？」

傷は、それほど深くないように見える。

それでも人差し指からは滴《したた》り落ちそうなほど血が出ていた。

流水で洗って、絆創膏を貼って、キッチンから宮城を追い出す。

それはすべてとても簡単にできるはずのことなのに、宮城はそのどれもを私にさせないようにしていた。

「舐めて消毒してよ」

そう言って、切れた指を私の前に差し出す。

「血が出てるし、舐めるのは消毒じゃない」

「命令だから」

「……わざと切った？」

「まさか」

宮城の指は私の前に出されたままで、命令が絶対だと告げていた。

赤い、赤い血が流れ出て、指を染めている。

見ているだけで、口の中に鉄さびのような味が広がる。

「仙台さん、早くして」

自分の血を舐めたことはあっても、他人の血を舐めたことはない。

自分のものではない血は、自分の血と同じ味がするのか。

私は、その答えをすぐに知ることになった。

口元に突き出された指についた血を舐めた感想は、予想するまでもないものだ。

誰の血であっても美味《おい》しくはない。

宮城の血も、自分の血を舐めたときと同じように鉄さびに似た味がする。実際にさびた鉄を舐めたことなんてないからそれが正しいのかはわからないが、不味《まず》いことにはかわりがなかった。苦手なサイダーのほうがよほど美味しく感じる。

「もっとちゃんと舐めて」

言葉とともに指を押しつけられ、彼女の体から溢《あふ》れ出た液体が唇を濡《ぬ》らす。反射的に口を閉じる。けれど、閉じた歯をこじ開けるようにして、宮城《みやぎ》の指が口の中に入り込んでくる。

舌に指が触れると、さっきよりもはっきりと血の味を感じる。

Aなのか、Bなのか。

それとも、他の血液型なのか。

宮城の血液型は知らないが、何型にしても好んで舐めたいようなものではない。でも、私の感情なんて関係がないようで、指が引き抜かれることはなく、舌を傷口に押し当てると血の味が濃くなった。

過去に舐めた自分の血よりも鮮明に感じる血の味は、やっぱり美味しくはない。

こんなこと、宮城にだけしかしないと思う。

この先、恋人ができて、その人が指を切るなんてことがあったとしても血を舐め取ったりはしない。それくらい美味しくないし、衛生的でもない。こんなことをするのは、宮城が最初で最後だ。

私は、口の中に広がる血を飲み込む。

他人の体液が喉を通って胃へ落ちていく感覚は、気持ちの良いものではない。抗議のかわりに舌を強く傷口に押し当てると、宮城から苦しげな息が漏れた。

そして、また鉄さびに似た液体が舌を汚し、私は血を飲み下す。

傷口から流れ出る血は止まらない。

止血をしているわけではないから、当たり前だ。

血が広がるたびに口の中も、体の中も、宮城に侵食されていくようでぞわぞわする。

こういうのは良くない。

健全ではない命令だ。

命令をする人がいて、それをきく人がいるということ自体が健全ではないのかもしれないが、今していることがあまり良いことではないことはわかる。

そう思いながらも、私は強く傷口に歯を立てる。

口の中が血の味に染まっていく。

飲み込みたくないのに、宮城の血が喉を通っていく。

「口、開けて」

宮城が感情を抑えた声で言う。

聞こえたはずの言葉に従わずにいると、指が無理矢理引き抜かれて問いかけられた。

「人の血って美味しい？」

口の中には、血の味が残っていた。

サイダーよりも不味くて、不快な液体に口の中が覆われているような気がする。

「吸血鬼なら美味しいのかもしれないけど、人間だから美味しくない」

「鉄分補給だよ」

宮城が無責任に言って笑う。

私には、人の血で鉄分を補給する趣味はない。自分の体の一部になるなら、好きではなくてもレバーを食べたほうがマシだ。

――そうだ。

私の中に入った宮城の血は、私の体の一部になる。

そう思うと胃の辺りが重くなった。

「コップ借りる」

宮城が返事をするよりも早く食器棚を開ける。いつもサイダーを飲むときに使っているグラスを取り出し、半分ほど水を入れる。

ごくん。

口に残る血を押し流すように水を飲む。

グラスを空っぽにして宮城を見ると、血が流れ出るままになっていた。

「手、出して」

答えを聞くつもりはない。問答無用で宮城の手首を掴み、血で汚れた指を洗い流す。今度は、宮城が抵抗することはなかった。大人しく指を流水にさらしている。

「絆創膏持ってくるから、そのままにしてて」

宮城に聞いても、どうせ絆創膏がどこにあるかなんて教えてはくれない。だったら、自分のものを持ってきたほうが早い。

私は宮城の部屋に戻り、鞄《かばん》の中から傷を早く治すらしいちょっと良い絆創膏を出す。ぱたぱたとスリッパを鳴らしてキッチンへ戻ると、宮城が傷口を眺めていた。

「はい」

持ってきた絆創膏を差し出す。

「貼ってくれないの？」

「それ、貼ってくれってこと？」

返事の代わりに、指を突き出される。

甘やかすとろくな人間に育たない。

そう、宮城のように駄目な人間になる。

高校生にもなって、絆創膏の一枚も自分で貼らないような甘えた人間に。

でも、これはたぶん命令の一環だから。

そういうものだから、絆創膏を傷口に貼ってやる。

「今日はご飯、炊いてある？」

機能的だが可愛《かわい》くはない絆創膏から出たゴミを捨てながら、宮城に尋ねる。

「炊いてある」

「じゃあ、向こうで座ってて」

「キャベツは？」

「自分で切るからいい」

急いでいるわけではないが、キャベツの千切りごときでもたつきたくないし、また指を切られても面倒だ。

私はキッチンから宮城を追い出して、鶏肉《とりにく》を揚げながらキャベツを刻んでいく。

勝手にお皿を出して、盛り付けて。

カウンターテーブルの上、ご飯と一緒にお皿を置く。並んで座っていただきますと声を合わせると、隣で宮城が不機嫌そうに唐揚げに齧《かじ》り付いた。

一口、二口。

彼女の表情は変わらない。

「美味しくない？」

問いかけると、すぐに答えが返ってくる。

「美味しい」

作ったものを美味しいと言われるのは嬉《うれ》しい。

でも、美味しいものを美味しくなさそうに食べる人間は初めて見た。

「仙台《せんだい》さん」

「ん？」

「こういうことする理由ってなに？」

「さっきも話したけど、今までの夕飯のお礼」

「もうしなくていいから」

美味しいと言った口で宮城が冷たい声で言う。

「唐揚げ嫌い？」

「好きでも嫌いでも、作らなくていい」

学校にいる宮城は、負の感情を表に出すタイプには見えない。ときどき目に映る彼女は友だちと楽しそうに話をしているか、笑っている。私と話しているときとは大違いだ。自分のテリトリーである自宅という環境がそうさせるのか、私といる宮城は酷《ひど》く不安定に見える。

だからって、それだけ気を許しているってわけでもないんだよね。

なにを考えているのかわからない人間がなにを考えているのかなんて、探ろうとしても疲れるだけだ。それに、機嫌を取る相手は羽美奈《うみな》だけでいい。

「宮城ってさ、料理しないの？」

私は話を変えることで、淀《よど》みかけた空気を変えることにする。

「できなくても困らないから」

「料理、教えてあげようか？」

「作らないから、いい」

「そっか」

だよね。

そう言うと思った。

無理に料理を教えたいわけではないから話はそこで終わらせて、唐揚げに齧り付く。

我ながら美味《おい》しい。

宮城はなにも言わずに、テーブルの上に並んだ夕飯を胃の中に収めていく。作る時間に比べたら短い時間で食事が終わり、宮城の部屋へ行くと、嫌がらせのように小説の朗読を命じられる。私は、長く連なった文章を声に出して読み続ける。

何十分と。

当然、最後まで読むことはできない。夕食を含めて三時間ほど宮城の家で過ごして、マンションを出る。

それから数日後に宮城に呼び出されたけれど、料理を作ってくれと言われることはなかったし、私から作ることもなかった。ただ、一緒に食事はした。ホワイトデーの後にも夕飯を一緒に食べたけれど、お返しはなかった。

今日も宮城に呼び出され、同じ時間を過ごしてから、ただいまに返事がない家に帰り、五千円札を貯金箱に入れる。

私は、宮城になにを期待してるんだろう。

チェストの上に置いた貯金箱を持ち上げると、重くも軽くもなかった。

◇◇◇

真冬に比べれば、ファンヒーターの温度は低めに設定されている。

それでも、宮城《みやぎ》の部屋は暑かった。

明日から春休みなのだから、季節的には春だと言ってもいいはずで、それを考えればファンヒーターの設定温度はもう少し下げてもいいと思う。けれど、宮城はブレザーを脱ぎもせずに漫画を読んでいる。

寒がりすぎでしょ。

丁度良いと感じる室温が違いすぎる二人が同じ部屋にいるなら、どちらかが妥協するしかない。普通ならお客である私が優先されるはずだが、私はお客ではないようで、いつだって宮城の好みが優先されている。

それはかまわない。

でも、すでにブレザーを脱いでいる私には脱ぐものがない。ブラウスの一番上のボタンは、ここに来る前から外してある。私はベッドから下りて、サイダーを手に取る。テーブルには、ポップコーンの袋も置いてあった。

いつもはサイダーだけなのに珍しい。

苦手な炭酸で喉を潤してから、ブラウスのボタンをもう一つ外す。そして、ポップコーンの袋の中から白い塊を二つ取り出して口の中に放り込む。

「春休みって、どこか行ったりする？」

漫画を読んでいる宮城の隣に座って問いかけるが、返事がない。

私がここに来たときから、彼女は機嫌が悪かった。というよりも、最近ずっと機嫌が悪い。正確に言えば、唐揚げを作った日から機嫌が悪かった。

あの日のことが原因なら、宮城の心は狭すぎると思う。猫の額どころか鼠《ねずみ》の額並みに狭い。

私は宮城の手から漫画を取り上げて、剣を持った男の子が描かれている表紙をめくる。ぺらぺらと数ページ読んだところで、隣から刺々《とげとげ》しい声が聞こえてくる。

「仙台さんの予定は？」

「んー、羽美奈たちと出かけるかな。あとは予備校」

「冬休みも予備校行ってなかった？」

「行ってた」

四月になれば三年生になって、受験生になる。

進むべき道は決まっている。

出来の良い姉の後を追う。

ただ、それができるとは思えない。二つ上の姉は、とても頭が良い人間だけが行ける大学に通っている。両親から求められているのは彼女と同レベルの大学へ行くことで、本当は今だって予備校か塾に通わなければいけない。それを蹴ってふらふらしているわけだから、長期休みの予備校通いくらいは受け入れないと家から追い出されそうだ。

「仙台さんって、勉強好きだよね」

「それほど好きじゃない」

宮城の目に私がどう映っているのか知らないが、口にした言葉は事実だ。昔は勉強が好きだったけれど、両親が姉と比較するための道具にするようになってからはそれほどでもなくなっている。

「宮城はどこにも行かないの？」

「友だちと出かける」

「宇都宮《うつのみや》？」

私は、彼女がいつも一緒にいるクラスメイトの名前を口にする。

宮城よりも長い髪を後ろで一つにまとめた人の良さそうな彼女は、宮城と同じように目立つことなく教室でクラスメイトたちに埋もれている。本屋で宮城と会ったあの日、この部屋に来なければ、私が宇都宮の名前を口にすることはなかったかもしれない。

「そう」

宮城が短く答えて、私から漫画を取り返す。そして、半分よりも少し進んだ場所を開いた。

会話はおしまい。

言葉にはされなかったが、漫画から顔を上げない宮城を見ればわかる。手持ち無沙汰になった私は、ポップコーンをつまんで口に運ぶ。

バターだとか、キャラメルだとか。

ポップコーンを食べるならそういう味がいいけれど、この部屋にあるのはただの塩味だ。宮城っぽいといえば宮城っぽいが、物足りない。それでも時間を潰すためにもう一つポップコーンをつまむと、宮城に手首を摑《つか》まれた。

「なに？」

「食べさせてあげる」

始まった。

〝命令〟と言われなくても、にこりと笑った宮城を見れば〝命令ごっこ〟が始まったのだとわかるが、これから起こることに対してあまり良い予感はしない。

宮城がポップコーンの袋を掴み、手のひらの上にざらざらと中身をのせる。

「はい。こっち向いて」

彼女がそう言って私の前に出したのは、ポップコーンを程よく盛った左手だった。

なんとなく。

なんとなくなにを要求されているのか予想できた。でも、私は頭の中でそれを消去して、彼女のほうを向いてポップコーンを一つつまみ上げ、口の中に放り込む。

「手を使わないで犬みたいに食べて」

口の中のものを咀嚼《そしゃく》する前に、はっきりと命令される。

やっぱり、そういうことか。

このために普段はないお菓子なんてものが置いてあったのかと納得する。犬のように従順になれと言われたほうがマシだと思ったこともあったけれど、犬になれと本当に言われたら良い気分はしない。それでも命令は命令で、私は素直にいうことをきく。

彼女のほうを向き、顔を手のひらに近づけてポップコーンを唇で挟む。

手を使わずに一つ一つ。

口の中に入れて食べていく。

実際に宮城の手からポップコーンを食べてみると、犬というよりは鳩《はと》にでもなったような気がする。こんなことをして面白いのかと顔を上げると、宮城も微妙な顔をしていた。

「全部食べて」

催促するように、前髪を引っ張られる。

どうやら、つまらない命令でもやめるつもりはないらしい。

私は人の手からパンくずを食べる鳩のように、ポップコーンをついばんでいく。時々、鳩だと思い込んでいる私にお前は犬だと教えるように宮城の手が頭を撫《な》でてくる。酷く馬鹿馬鹿しいことをしているような気がするが、私は残っていたポップコーンを一つ残らず食べてしまう。

最後に手のひらを舐《な》める。

びくりと手が震えて、宮城が腕を引こうとする。

犬みたいに、と言ったのは宮城だ。

私は逃げていこうとする手を捕まえて、もう一度強く舌を押し当てる。指の根元から手のひらの真ん中あたりまでゆっくりと舐めると、ポップコーンと同じ味がした。

「今度はキャラメル味がいいかな」

本人の望み通り犬のように彼女の手を舐めてから、リクエストする。

「今度はないから」

宮城がワニのカバーが付いたティッシュの箱から白い紙を取って、手のひらを拭く。紙くずになったティッシュは丸められ、ゴミ箱に放り投げられる。そして、彼女は前触れもなく私のネクタイを摑んだ。

なにをされるのかと身構えると、するするとネクタイが外される。躊躇《ためら》うことなくブラウスのボタンも一つ外されて、思わず彼女の手を払い除《の》けた。

「ちょっと、こういうのルール違反でしょ。私、宮城とそういう関係になるつもりないんだけど」

ブラウスのボタンはすでに二つ外してあったから、宮城のせいで胸元がはだけている。見られても減るものではないが、三つ目のボタンを外すような仲ではない。

「ネクタイほどいただけでそういう関係って、考えすぎだから」

そういうつもりなんて欠片《かけら》もないという口調で宮城が言う。だが、ネクタイをほどかれた上にボタンを外された私からしたら、そういうつもりだと思わずにはいられない。

「じゃあ、なにするつもり？」

問いかけへの返事は、予想よりも荒っぽいものだった。

宮城は私の編んでいる髪をほどくと、乱暴に肩を押した。

彼女は加減というものを忘れて生きている。

指を噛《か》んだときも、驚くほど強い力で噛んできた。

今も、バランスを崩して床に倒れるほど強く押された。

「いったっ」

ベッドなら良いけれど、クッションになるものがないフローリングの床に押し倒される格好になったせいで、腕や背中に痛みがあった。その上、宮城が馬乗りになってくるから起き上がることができない。

「やっぱり、そういうつもりじゃん」

私は彼女をはね除けようとする。

「違うよ」

やけに冷たい声に宮城を見ると、彼女は欲情しているような顔も、気の迷いという顔もしていなかった。

だったら、私はこれからなにをされるんだ。

強いて言うなら冷静な顔をした宮城が、テーブルに手を伸ばす。

え？

宮城が手に取ったのはポップコーンの袋で――。

次の瞬間、私の顔に白いものが降ってくる。

ようするに、ポップコーンをぶちまけられた。

「ちょっ、宮城《みやぎ》っ！」

顔も、髪も、ブラウスも、ポップコーンまみれにされる。

なんだこれ、なんだこれ、なんだこれ。

「冗談にならないんだけど」

私は、宮城のネクタイを摑む。

髪には、それなりに時間をかけている。トリートメントは安くはないものを使っているし、ドライヤーもマイナスイオンがでる高いものを使っている。

降ってきたものが、ポップコーンの形をしているものだけだったらまだ良かった。さすがに、細かな欠片や粉のようなものはいただけない。髪と混じり合って最悪過ぎて、腹が立つ。

「冗談じゃないよ。ポップコーン、もっと食べさせてあげようと思って」

表情一つ変えずに、宮城が散らばったポップコーンを一つつまんで私の口に押し込んでくる。苛立《いらだ》ちをぶつけるように、口内に入り込んできた指ごと噛みついてポップコーンを食べると、宮城がテーブルの上からグラスを取った。

「……嘘《うそ》でしょ？」

顔の上でサイダーが揺れる。

宮城が薄く笑う。

グラスが傾けられ、思わず目をつぶって掴んでいたネクタイを離す。顔を覆うと、雨粒が叩《たた》きつけられるように手の甲が濡《ぬ》れた。目を開けてグラスを見れば、空になっている。

「やり過ぎでしょ、これ」

自然と声が低くなる。

「仙台《せんだい》さんでも怒ることあるんだ」

私だって人間だ。

普段怒らないのは、我慢しているだけだ。

「怒らないほうがおかしいでしょ、こんなの」

「優しいと思うけど」

「これのどこが？」

「ブレザーもネクタイも、スカートも全部無事だもん。ブラウスは簡単に洗濯できるし。それに明日から春休みなんだから困らないでしょ」

「……最初からこうするつもりだったってこと？」

答えずに、宮城が立ち上がる。

重しがなくなった私は体を起こして、ポップコーンを払い落とす。

確かに、制服で濡れたのはブラウスだけだ。だからといって、人にポップコーンをぶちまけたり、サイダーをかけたりしていいわけがない。文句を一つどころか、百個くらい言ってやらなきゃ気がすまない。でも、私が口を開く前にタオルと長袖のカットソーが飛んでくる。

「それ着て、あげるから。返さなくていいよ」

そう言うと、宮城が部屋を出て行く。

文句をぶつける相手を失った私は、ブラウスを脱いでサイダーで濡れた手や髪をタオルで拭く。放り投げられた服に目をやると、それは宮城よりも少し大きな私にも着られそうなものだった。

着たくない。

宮城のしたことを振り返ってそう思うけれど、濡れているブラウスをもう一度着るわけにもいかない。仕方なく宮城の服を着ると、ドアが開いた。

「送ってく」

勝手に私が帰ると決めた宮城が、濡れたブラウスを入れるための袋を手に持って言う。

こんなときでも律儀《りちぎ》に送るという彼女の神経を疑わずにはいられない。でも、最初から宮城は変なヤツだった。クラスメイトに命令ごっこなどという遊びを持ちかけてくる時点でまともではないのだから、宮城はこんな人間なのだと納得すべきだとも思う。どうせ、文句を言ってもやりたいようにやるだろうし、改善は見込めない。

いや、改善を見込むようなものではない。

命令をする側とされる側。

そこに五千円というものが介在しているのだから、こんな日もある。そう納得したほうが楽になれるはずだ。だが、釈然としない思いが残る。

「仙台さん」

催促するように言われて、コートを着る。そして、いつものように二人で宮城の家を出てエレベーターに乗り、エントランスまで歩く。

「バイバイ」

私が「またね」と挨拶をするより先に宮城が言って、背を向けた。

「これ、ちゃんと返すから」

ブラウスの背中に向かって叫ぶ。

ブラウスは宮城に汚された。それでも、あげると言われてはいそうですかと服をもらいたくはない。返すべき物は返す。

明日になれば春休みで、次に宮城に会うのは四月だ。

空を見上げれば、星がいくつも見える。

風はないし、三月にしては暖かい。

星を線で繋《つな》げば、星座を見つけることもできた。

なにもなければ、いい夜なんだと思う。

でも、今日されたことを思い出すと最悪の夜にしか思えない。

そして、家に帰り着くと、机の上にパンフレットが鎮座していた。それは、夏季限定でも冬季限定でもない、四月から受験が終わるまでという長い間通わなければならない予備校のパンフレットで、気持ちが沈む。

行きたくないな。

私は、大きなため息をついた。

第5話　仙台さんは馴《な》れ馴れしい

後悔しているかしていないかの二択なら、しているを選ぶ。

それくらいには、仙台さんに最後に会った日のことを考えている。

あの日、ポップコーンとサイダーにまみれた仙台さんは珍しく怒っていた。命令に不満そうな顔をしたり、不機嫌になったことはあったけれど、あれほどあからさまに怒ったことはなかった。

でも、それは私が望んだ結果だ。

私は仙台さんがいつも寝転がっているベッドの上で、彼女のように寝転がったまま細く長く息を吐く。

人にあんなことをしたのは、初めてだった。

今まで一度だって、誰かをポップコーンとサイダーまみれにしたことはない。そんなことをしたいと思ったことだってなかった。

あんなことをしなければ良かった。

何度かそう思った。

あんなことをしなければならなかった。

何度もそう思おうとしている。

春休みだからといって浮かれるほどの予定がないせいか、いつもなら考えないようなことばかりが頭に浮かんで憂鬱になる。学校があれば、それなりにすることがある毎日の中に、埋もれて消えることがあるかもしれない感情だけれど、春休みはそうはいかない。

少しでも楽しい気分になれたらと、いつもだったら仙台さんに払うはずの五千円で漫画を買ってきたけれど、まったく先に進まなかった。頭の中に絵も文字も入っていかず、ただページをめくっていただけで今は置物になっている。

私は寝転がったまま、窓から入る柔らかな日差しに手をかざす。

仙台さんに言われてキャベツを切った日、包丁で作った傷は治っている。切ったときは痛かったし、仙台さんに噛《か》みつかれたときはもっと痛かったから治って良かったと思う。ただ、私の表面にできた傷がなくなっても、私の血を舐《な》めた仙台さんがあのときどんなことを考えていたのかが気になっている。

でも、それはどれだけ考えてもわからない。

仙台さんについてわかることと言えば、学校でのイメージとはかけ離れた行動ばかりしていたことくらいだ。

人の命令なんてきかなくても生きていけそうなのに、この部屋で私の命令をきいていた。可愛《かわい》い絆創膏《ばんそうこう》を持ってくるかと思ったら、機能に特化した可愛げのない絆創膏を持ってきた。愛想《あいそ》で固めた石膏《せっこう》像みたいに笑顔を貼り付けている学校とは違って、だらしがなくて気を遣わなくて、自分勝手にこの部屋を使っていた。

大体、彼女は距離感もおかしかった。

馴れ馴れしくて、人の都合を無視して近づいてくる。

当たり前みたいに私の日常に入り込んでくる。

だから、調子が狂う。

「こんなの、友だちみたいじゃん」

体を起こして、膝を抱える。

足の先を撫《な》でて、息を吐く。

仙台さんは、同じクラスにいても喋《しゃべ》りもしない私の足を舐めた。嫌ならしないという選択もできたのに、もう私の部屋に来ないという選択もできたのに、そのどちらもしなかった。必要としているとは思えない五千円を得るために私の部屋に通い続け、春休みの前日を後悔するような日々を私に過ごさせている。

人にいい顔ばかりしている彼女の、学校では見せない顔を見る。

それだけだったはずなのに、なんでこんなことになっているのだろう。

私は手を伸ばして、床に積んだ漫画から一冊取る。

「なんで二巻」

まだ一巻を読んでいない。

上から五冊手に取って一巻を探すが、そのどれも一巻ではなかった。私は漫画を放り出して、スマホを手に取る。チャットアプリを起動すると、仙台さんの名前が目に入って視線を外す。

「そうだ。舞香《まいか》、なにしてるかな」

春休みは塾に通うと言っていたから、今も塾にいるのかもしれない。一昨日会ったときは、塾の帰りだった。返事が来るかどうかわからなくても、誰かとなにかをするとしたら一番に連絡するのは舞香で、『暇』と一言だけのメッセージを送る。

案の定、返事が来ない。

頭に仙台さんの顔が浮かぶ。

今は春休みだから、彼女を呼び出せない。

二人で会うのは学校がある日だけで、休みの日は会わない決まりだ。でも、連絡をしないという約束はしていない。だから、メッセージの一つや二つ送っても決まりを破ることにはならないのかもしれないけれど、ルールになくても私は仙台《せんだい》さんには連絡できない。自分で連絡できないようにした。

私が春休みの前日にしたことは、そういうことだ。

あんなことをしておいて、仙台さんにメッセージを送れるわけがない。そもそも私は、共通点がない彼女に話しかける言葉を持っていない。

私からメッセージを送らなければ、彼女はこの家に来ない。

これまで彼女からメッセージを送ってきたことはない。

スマホに視線を落とす。

誰からもメッセージは来ていない。

なにもなくても、包丁で切った傷が消えてなくなったように、いつかは仙台さんとの関係も消えてなくなる。それは明日かもしれないし、一年後かもしれないけれど、終わらないということはない。いつか必ず仙台さんは私の部屋へ来なくなる。

私たちの関係は五千円がなければ成り立たないけれど、仙台さんはお金に困っているわけではないから、彼女がこの関係に飽きたら終わりだ。

初めから、約束に期限はなかった。長く続くかもしれないけれど、短い約束で終わるかもしれないようないい加減なもので、始まったときのように気まぐれに終わっても不思議はない。

だから、私にはポップコーンとサイダーが必要だった。

仙台さんを怒らせて私の部屋に来たくないと思わせ、もう彼女を呼び出せないと私自身にも思わせる必要があった。

画面を下に向け、スマホをベッドへ置く。

子どもの頃、お母さんもある日突然いなくなった。

親子の関係はぷつりと切れて、今も結ばれないままだ。

母親ですら子どもをあっさりと置き去りにして出て行けるのだから、他人である仙台さんが、三年生になって、環境が変わって、この部屋に来なくなってもおかしくはない。

待っても来ない誰かを待つ毎日なんて、御免だ。

仙台さんがこの部屋に来たくないと思う理由と、私が彼女を呼び出せない理由があれば、待つという行為は必要なくなる。

それなりの理由があれば、仙台さんがいつかこの部屋に来るかもなんて期待せずにすむ。

いつ仙台さんがこの部屋に来なくなるのかと怯《おび》えることもない。

ポップコーンとサイダーはそのために活用され、春休みの前に私と仙台さんを繋ぐ糸を自分から切った。そして、私は仙台さんがこの部屋に来ない理由と、仙台さんをこの部屋に呼び出せない理由を手に入れて、待つという無駄な選択肢を消し去った。

でも、私が実際に手に入れたものは、すっきりしない春休みだ。

仙台さんがこの部屋にいた時間があまりにも長くて、彼女にまたここで会いたいと思っている。馴れ馴れしい仙台さんは、放課後ではない今も私の頭の中で存在を主張し続けている。

ただの暇つぶしだったはずなのに。

ちょっとした気晴らしだったはずなのに。

床に座ればここでチョコレートを食べたとか、宿題をしてもらったとか、ベッドの上にいればここで寝転がって漫画を読んでいたとか、ごろごろしていたとか、色々なことを思い出して彼女のことばかり考えてしまう。

こんなの全部、仙台さんのせいだ。

傷の消えた指を撫でる。

指を舐めてみても、血の味はしない。

私はベッドから下りて、積んである漫画の隣に座る。

適当に一冊取ってページをめくると、舞香から『塾にいる』と返事が届いた。

『終わったら映画行かない？』

『明日でもいい？』

『もちろん』

家にいるから、気が滅入《めい》る。

外に出れば気晴らしになるし、舞香と一緒にいるのは楽しい。

三年生になっても、同じクラスだといいなと思う。

仙台さんとも――。

違う。

彼女と同じクラスになっても仕方がない。

仙台さんは怒っているし、私の部屋にはもう来ない。そういうことになっているのだから、彼女のことを考えることは無駄なことだ。そう思っているのに、彼女のことを頭から追い出せない。

例えば、クラスが一緒になったらいつも通り彼女を呼び出す。

違うクラスになったらこれっきり。

そんな風に決めたら、少しは気持ちが落ち着くのかもしれない。

呼び出したところで、仙台さんがここに来ることはなさそうだけれど。

胸の奥がざわざわとする。

でも、今はどうしようもない。

『待ち合わせ場所どうする？』

舞香からメッセージが届く。

私は、一昨日と同じ場所を打ち込んで送った。

◇◇◇

春休みはそう長くない。

いつもあっという間に終わってしまう。

それなのに、今年は酷《ひど》く長く感じた。いつもと変わらない休みを過ごしたはずなのに、時間がなかなか進まなかった。

遠かった四月がやってきて、新学期。

三年生になった私は、少し緊張している。

学校へ向かう足が重い。

校内で仙台さんと話すことはないけれど、彼女と会ったときにどういう顔をしていいのかわからずにいる。四月につきもののクラス替えのせいで、彼女の顔を見ることができるかどうかもわからない。

私は、気持ちを落ち着かせることができずにそわそわしていた。

新しいクラスは、昇降口の前に貼ってある名簿でわかる。

校門を通って少し歩くと、人だかりの向こうにそれほど大きくない白い紙が見える。目立たないように深呼吸をしてから名簿を確認すると、知っている名前と知らない名前に混じって自分の名前を見つけることができた。でも、そこに仙台さんの名前はなかった。

期待していたわけじゃない。

がっかりなんかしていない。

心の中で呟《つぶや》いて、卒業して今はいない先輩たちがいた校舎に向かう。新しいクラスのドアを開けると、春休み中に何度も会った舞香がいた。

「志緒理《しおり》、こっち！」

私の名前を呼ぶ舞香に手を上げて応え、彼女が座る席へと歩く。私よりも長く、仙台さんよりも短い髪を一つにまとめた舞香は、春休みと変わらない。仙台さんがするようなメイクもしていない彼女にほっとする。

「おはよ」

「おはよ。志緒理と違うクラスになったらどうしようかと思った」

「私も」

「見た？　今年は亜美《あみ》も一緒」

一年生のときは同じクラスだったものの、二年になってクラスがわかれた白川《しらかわ》亜美の名前も名簿に並んでいた。また同じクラスになれた喜びを分かち合うべく彼女の姿を捜すが見つからない。

「見たよ。亜美はまだなんだ？」

「まだみたい」

「そっか」

亜美がいないのなら、教室の中に捜さなければならない人はもういない。それなのに、私の目は仙台さんの姿を見つけようとしていた。でも、見つかるはずなんてない。名簿に名前がなかったのだから、いたらおかしい。

「お、誰か同じクラスになりたい人いた？」

きょろきょろと教室の中を見回していた私を真似《まね》するように、舞香が周りの席を見る。

「いないよ」

「えー、今誰か捜してたじゃん。もしかして好きな人と同じクラスになったとか？」

冷やかすように舞香《まいか》が言う。

「そういうのじゃないし、そういう人いないもん。どんな人がいるのかなーって見てただけ」

「あやしいなー」

「あやしくないって」

疑いの眼差《まなざ》しを向けてくる舞香に「なんでもないからね」と念を押して、小さく息を吐く。

違うクラスになったら、仙台さんとはこれっきり。

春休みに思いついた〝小さな賭け〟に従うべきだと思う。

仙台さんが私の家に来るようになったのは、ただの偶然に気まぐれが乗った結果だ。偶然も気まぐれも長く続くようなものではないから、クラス替えを区切りにするべきだ。ポップコーンとサイダーは、そのためにあった。

少し憂鬱な気分になるのは、この間まで当たり前にあった顔が教室にないからだけで深い意味はないはずだ。これは嫌なことじゃないから、仙台さんを呼び出す理由にはならないし、私は彼女を呼び出せない。

新しい教室に亜美が来て、それからしばらくして先生が来る。眠くなるような話を聞いて始業式をすませたら、新学期の始まりの日はすぐに終わってしまう。

舞香と亜美に寄り道をしようと誘われたけれど、それを断ってまっすぐ家へ帰る。

私は制服のままベッドに寝転んで、スマホを見る。小さな入れ物の中に、仙台《せんだい》さんの連絡先はまだ残っている。でも、もう用のないものだ。

彼女もきっとクラスがわかれた私のことなんて、すぐに忘れる。ちくちく、じくじくと、心臓の辺りを刺すなにかを無視していれば、時間は勝手に過ぎていく。

一学期が始まって数日経《た》つと、嫌なことがいくつかあった。思わずスマホに手が伸びたけれど、それだけだ。すぐにスマホを見ずにすむようになった。

違うクラスになったら疎遠になったなんて、よくある話だ。

仙台さんが私の部屋に来なくなった理由は探せば見つけることができるし、そもそも自分から彼女を遠ざけた。だから、この結果に納得しているし、待ったりはしない。

さらに数日が経ち、この部屋に初めて来た彼女に読ませた漫画を手に取る。

あの日、漫画をすらすらと読み上げるのかと思ったら、恐ろしいほどに棒読みだったことを思い出す。本棚の前でぺらぺらとページをめくっていくと、この台詞《せりふ》の声が小さかったとか、言いにくそうだったとかそんな記憶も蘇《よみがえ》る。

私はため息をついて、ベッドに腰掛ける。

漫画を閉じて枕の横に置くと、インターホンが鳴った。

宅急便が来る予定はないし、誰かが訪ねてくる予定もない。ということは、エントランスにいるのはセールスマンかなにかだ。わざわざ出るほどのものではないから放っておくことにして、テレビをつけるが、インターホンが何度も鳴る。

しつこいな。

エントランスの様子をモニターでわざわざ確認する気にもなれず、テレビのボリュームを上げると、今度はスマホが鳴る。それはメッセージの着信音で、私はテーブルの上からスマホを取る。画面を見ると、仙台さんの名前とメッセージが表示されていた。

『インターホン出て。いるんでしょ』

メッセージの内容から、インターホンを鳴らしている人物が仙台さんだとわかる。

思わずインターホンのモニターに視線をやりかけて、スマホをもう一度見る。

私からメッセージを送って、仙台さんがそれに返す。

そう決めたわけではないけれど、それがルールのようなものになっていた。だから、今まで私が送る前に彼女からメッセージを送ってきたことはなかったし、勝手に訪ねてきたこともなかった。呆然《ぼうぜん》とスマホの画面を見ていると、新たなメッセージが届く。

『用事があるからインターホンに出てってば』

メッセージを見なかったことにしてスマホを置くと、インターホンがまた鳴る。小学生の悪戯《いたずら》のように何度もチャイムが鳴り響き、私はテレビを消して立ち上がる。インターホンの前まで行き、モニターを見ると仙台さんの姿が映っていた。ただ、呼んでもいない彼女がわざわざここに来るような用事に心当たりはない。

「なにしにきたの？」

インターホンを通して話しかける。

「スマホ見たでしょ。ここのドア、開けてほしいんだけど」

久々に聞く仙台さんの声に、どくん、と心臓が鳴る。

でも、彼女のためにドアを開けるつもりはない。

「やだ」

「返したいものあるから、開けてよ」

「返したいもの？」

「そう。だから、ドア開けて」

苛々《いらいら》とした声で仙台さんが言う。

それでも表情はかわっていない。外にいるせいか、学校にいる仙台さんのままだ。

「返したいものってなに？」

「この前借りた服。洗濯してあるから」

借りた服という言葉を聞いて、思い出す。

サイダーで彼女のブラウスを濡《ぬ》らした日、かわりに着て帰るものとして服をあげた。そう、貸したのではなくあげた。仙台さんにも、間違いなくあげると言ったはずだ。

まあ、彼女はもらうつもりがなかったようで、「ちゃんと返す」と宣言していたけれど。

無駄に律儀《りちぎ》な仙台さんは、少し面倒な人だ。私はあげると言ったものを返してもらうつもりはないし、前言を撤回するつもりもない。

「返さなくていいって言ったじゃん。それに、今日呼んでないんだけど」

「呼ばれないから来たの」

「なんで」

「借りっぱなしとか嫌だから」

仙台さんがきっぱりと言い切る。

彼女の友だちの茨木《いばらき》さんだったら、あげると言ったら素直にもらうに違いないだろうけれど、仙台さんはそういうタイプではないらしい。本屋で彼女に五千円を渡したときも、あげる、返す、で押し問答になった。

「この前も言ったけど、あげる。返さなくていい」

たぶん、仙台さんはこのくらいで引き下がったりしない。

面倒だ。

このまま話し合いを続けても交わる部分を見つけられることはないだろうから、私はインターホンを切ってしまうことにする。けれど、通話を切ってしまう前に仙台さんが予想もしないことを言った。

「じゃあ、命令しなよ」

「……え？」

「命令すればいいでしょって言ってるの」

「意味がわからないんだけど」

「理由もないのに、服なんてもらえないから。だから、あげるって言うならもらえって命令すればいいし、それが嫌なら服を五千円の代わりにして、いつもみたいになにか命令すれば」

なんでもないことのように仙台さんが言う。

確かに、五千円の対価として彼女に命令をしていた。それを考えれば、服と命令を引き換えにするというのはそれほどおかしな話じゃない。でも、命令しろと言われて命令するのも癪《しゃく》に障《さわ》る。

「なんでたかが服一枚で命令しなきゃいけないの。あげるって言ってるんだから、素直にもらえばいいじゃん。それで、帰って」

「帰ったら、もう来ないけどいいの？」

私が仙台さんを引き留める。

インターホンから聞こえてきたのは、そういう自信のある声ではなく、苛々を通り越して怒ったような声だった。

「わざわざ命令されに来るなんて、仙台さんってヘンタイなの？」

帰って。

一度口にした言葉のはずなのに、今度はそれを口にすることができなかった。

「宮城《みやぎ》ほどじゃないから。で、もらえって命令にするの？　それとも別のなにか？」

選ぶ権利を私に押しつけて、私を直接見ることなんてできないはずの仙台さんがモニター越しにじっと見つめてくる。

理由もなく仙台さんがこの部屋に来なくなってしまうことに耐えられず、春休みが来る前に彼女がここへ来なくてもいい理由を与えた。けれど、彼女は今、インターホンの向こうにいる。

仙台さんを追い返すことは簡単だ。

でも、帰ったら彼女はもう来ない。

「――今、開ける」

どういうつもりか知らないけれど、仙台さんが来たから。

だから、部屋に入れるだけだ。

引き留めるわけじゃない。

「ありがと」

そう言って、モニターから仙台さんの姿が消える。程なくしてチャイムが鳴り、玄関のドアを開けると仙台さんがいた。彼女は靴を脱ぐより先に、小さな紙袋を私に見せる。

「これ、どうする？」

確認するように仙台さんが言う。

紙袋の中にはあの日あげた服が入っていて、それをどうするのかを選ぶのはやっぱり私だ。仙台さんは私の答えを待っている。

「命令されに来たんでしょ。服はいいから中に入って」

紙袋を受け取らずに背を向けると、ドアを閉めて鍵をかける音が聞こえた。

「そういうことでいいよ」

重くも軽くもない声が聞こえて、私は彼女を置いていくように部屋へ向かう。当然のように後ろから足音が聞こえて、部屋のドアを開けると仙台さんも滑り込むようにして中へ入ってくる。そして、いつも占領していたベッドに腰掛けた。

「部屋、なにも変わってないね」

あれから一ヶ月も経っていないのに、一年ぶりに来たみたいにしみじみと仙台さんが言う。

「変える必要ないもん」

「そりゃそうか」

彼女は風に舞う花びらみたいに軽く言って、枕元にある漫画を手に取った。

「これ、あのときの漫画。読んでたんだ？」

片付けておけば良かった。

私は、この部屋に彼女が初めて来たときに読ませた漫画をベッドの上に置きっぱなしにしていたことを悔やむ。でも、もう遅い。

「読んでたらなに？」

「なにも」

笑ってはいないが、さっきよりも少し声が高い。

たぶん、面白がっている。

仙台《せんだい》さんのこういうところが嫌いだ。

「そういえばさ、学校始まったのに私のこと一週間呼ばなかった理由ってなに？」

さりげなく。

読むわけでもなく漫画のページをただめくりながら、仙台さんが尋ねてくる。

「それくらい呼ばないことだってあるよ」

「夏休みのあとも冬休みのあとも、すぐに私のこと呼んだのに？　今回は違うよね。なんか理由あるでしょ」

「三年生になったから」

私は正確ではないけれど、明らかに間違っているというわけでもない答えを口にする。

「塾にでも行ってるの？」

「……行ってない」

塾に行く予定はない。

勉強はそれほど好きではないし、大学へどうしても行きたいという強い意志もなかった。滑り込める大学があればそれでいいし、なければそのときに考える。

私の答えに納得したのかしないのかよくわからないけれど、仙台さんは「ふーん」と言ってページをめくっていた漫画を閉じた。

「クラス、宇都宮《うつのみや》と一緒なんだっけ」

「そうだけど」

舞香《まいか》と同じクラスになったなんてことを仙台さんに話してはいないし、話す機会もなかった。それでも彼女がその事実を知っているということは、始業式の日にわざわざ私の名前を名簿の中から探してくれたのかもしれない。

いや、私が二組で、仙台さんが三組だから、可能性としては彼女が自分の名前を探しているうちに知ったという確率のほうが高いはずだ。

私は、仙台さんの手から漫画を奪う。

そんなことは、どっちだっていいことだ。

頭の中に居座ろうとする余計な考えを追い出すように、漫画を本棚に戻す。

「私と一緒じゃなくて、がっかりしたでしょ」

綺麗《きれい》に並べた本を見ていると、からかうような声が聞こえてくる。

「してない」

「そう？　私はしたけど」

重みのない声に振り返ると、仙台さんがにこりと笑った。

「嘘《うそ》ばっかり」

「嘘じゃないよ」

彼女はわざとらしくそう言うと、隣にやってきて本棚から漫画を一冊取りだした。私はその本を取り上げて、もとあった場所に戻して尋ねる。

「命令って、どんな命令でもいいんでしょ？」

「今さらそんなこと聞く？」

「今日は五千円じゃないし、一応」

「いつも通りでいいよ」

春休み前と変わらない顔で仙台さんが言う。

窓の外に目をやると、空が赤く染まっていた。隣の家や数軒先のマンションも空と同じ赤に塗られている。

春になって、冬に比べると少し日が長い。ファンヒーターはもう使っていない。仙台さんは暑くないのか、ブレザーを着たままだった。私はカーテンを閉めて、夕焼け色の世界からこの部屋を隔離する。そして、電気を点《つ》けて、ベッドに腰掛けた。

「そこに座って」

ベッドの前を指さすと、仙台さんが言われた通りに床の上に座って私の足を掴《つか》んだ。

「靴下を脱がせて、足を舐《な》める。でしょ？」

「よくわかってるじゃん」

「宮城ってこういう命令、好きだよね」

「別に好きなわけじゃない。他に適当な命令がないだけだから」

「へえ」

疑うような視線を向けられて、私は「早くして」と仙台さんの肩を蹴る。

「暴力反対」

「暴力じゃないし」

なにか言い返してくるかと思ったら、彼女は黙って私の足に手をかけ、ソックスを脱がせて踵《かかと》に手を添えた。ふう、と仙台さんが吐いた息が足先に吹きかかり、生温かくて柔らかなものが触れる。

押しつけられた舌が指を濡《ぬ》らす。

ゆっくりと足の甲に向かって這《は》っていく舌は少し気持ちが悪いけれど、仙台さんが私の足を舐めている姿を見るのは気持ちが良かった。

三組のことは知らない。

でも、きっと彼女は隣のクラスでもカーストの上位にいるはずで、同じクラスになった茨木《いばらき》さんと一緒に楽しくやっているに違いない。そんな彼女が今、私の足を舐めている。

舌先が押しつけられる。

皮膚の上、今まで以上に仙台さんの体温を感じた。お互いの熱がぶつかって、溶けて、私のものになっていく。舌が足首に向かう。ファンヒーターはつけていないはずなのに、部屋の中が少し暑い。ネクタイを緩めると、足首の近くを強く吸われた。

舌とは違う感覚にシーツを握る。

「仙台さん、それやだ」

言葉と同時に唇が離れて、唐突に親指を囓《かじ》られる。

「いたっ」

歯が肉に食い込む。それでも、彼女はやめない。

指をドアに挟んだときほどではないけれど、鋭い痛みに足を揺らす。

「仙台さん、やめて」

ゆっくりと親指を挟んでいた歯が離れ、痛みが消えていく。かわりに、柔らかな舌で緩やかに舐め上げられる。ぺたりとくっつく舌は、やっぱり気持ちのいいものじゃない。でも、仙台さんの体温を嫌だとは思わなかった。

足先から伝わってくる感触に意識が囚《とら》われ、お腹《なか》の奥に熱が溜《た》まっていく。吐き出す息まで温度が上がったような気がする。それはあまり良くない感覚で、彼女の動きを止めるように前髪を引っ張った。

「仙台さん、いつまでここに来るつもり？」

「さあ？　卒業するくらいまでじゃない。大学は違うだろうし。宮城《みやぎ》が来るなって言うなら来ないけど、来ないほうがいい？」

顔を上げた仙台さんが、酷《ひど》く真面目な口調で言った。

来て。

と言えば、卒業するくらいまでは来てくれるらしいが、来てとは頼みたくはなくて、前髪から手を離して答えにならない言葉を口にする。

「大学行くの？」

「宮城は行かないの？」

「わかんない。仙台さんはどこの大学にいくの？」

「まだ決めてない」

私に志望校を言いたくないのか。

それとも、本当に決めていないのか。

よくわからないまま、会話が途切れる。

夕焼けを遮っているカーテンを見ると、透けて入る光の量が少なくなっていた。

暇つぶしとでもいうように、仙台さんの手が足首を撫《な》でる。さわさわとくるぶしを触られて、足がびくりと跳ねる。抗議のかわりに太ももを軽く蹴ると、仙台さんが口を開いた。

「あのさ、宮城。私、炭酸苦手だから」

予想もしなかったタイミングで、予想もしなかった告白をされて、私は思わず「えっ？」と声を出す。

「それ、今さらすぎない？」

「最初、こんなに長くここに来ることになるとは思わなかったし、言うタイミング逃した」

「……次もサイダー出す」

「うわ、性格悪い」

「うるさい。もうお喋《しゃべ》りは終わり。足、舐めて」

仙台さんが足の甲に唇を押しつけて、小さな音を立てる。

舌先が皮膚に触れる。

体温が混じって、私の中に入り込む。

体の中に彼女の熱が溜まっていく。

濡れた舌が這い、足首に向かう。

それは、やっぱり少し気持ちが悪かった。

幕間《まくあい》　まだ宮城が存在していなかった私のこと

背が高いか、低いか。

決まりを守っているか、いないか。

人間を二つに分ける方法はたくさんあるけれど、今日は知っている人間と知らない人間の二種類に分けたい。

一年生から二年生に。

進級とクラス替えという四月の大きなイベントによって、私たちは自分の意思とは関係なく新しいクラスに振り分けられていた。

高校二年生になったばかりの私は、昇降口の前に貼られていた名簿から自分の名前である〝仙台葉月《せんだいはづき》〟を探し、同じクラスの中に茨木羽美奈《うみな》の名前も見つける。人見知りをするほうではないから誰とクラスが同じでもいいが、〝知っている〟に分類できる名前はないよりもあったほうがいい。特に羽美奈の名前はあったほうがいい名前で、同じクラスになれたことをラッキーだと思う。

彼女がいれば、一年生のときと同じような毎日が送れるはずだ。クラスでの立ち位置を大きく変えずに済むし、それなりに楽しく過ごせるに違いない。

私は親しくしていた友人たちがどのクラスになったのかチェックして、教室へ向かう。

長期休み明けの学校というのは、どこか落ち着かない。どこもかしこも、休みが忘れられない生徒の声が響いている。体の半分を家に忘れてきたように浮ついて見える人もいる。

今日は慣れない教室に慣れないクラスメイトが待っているせいか、期待と不安が入り交じった声も聞こえてきて校内は独特な雰囲気に包まれていた。

ざわつく廊下を歩いて、新しい教室のドアを開ける。

中を見ると、すぐに明るめの茶髪が目に入る。

羽美奈だ。

彼女はどこにいても目立つ。

本人が好んでそうなるようにしているのだから、目立たなければ困るのだろうけれど、やろうと思ったことを実現できるのは一種の才能だ。彼女とは合わない部分もあるが、そういうところは凄《すご》いと思う。きっとこのクラスも羽美奈を中心に回っていく。一年生のときと変わらない。

私は羽美奈のもとへ向かうべく、歩きだす。

一歩、二歩、三歩。

机と机の間をすり抜けようとしたところで、喜びと悲しみが混じった声が聞こえてくる。

「舞香《まいか》と同じクラスで良かったけど……」

「亜美《あみ》だけ離れちゃうとか」

ちらりと見ると、羽美奈とはまったくタイプの違う子たちがいる。

クラス替えは悲喜こもごもだ。

同じクラスになれた喜びもあれば、クラスがわかれた悲しみもある。

どうやら彼女たちは親しい友人と違うクラスになったらしく、嬉《うれ》しいという感情だけを前へ出すことができない微妙な顔をしている。三人グループの誰か一人が別のクラスになってしまったら、同じクラスになった者同士は素直に喜べないという気持ちはわかる。

わかったところでどうしようもないけれど。

わざわざ声をかけるような仲ではない。彼女たちは、知っている人間と知らない人間のどちらかに分けるのなら、知らない人間になる。それは名前を覚えなければいけない相手ということでもあり、とりあえず顔だけを頭に入れておく。

私は止まっていた足を動かし、羽美奈に声をかける。

「おはよ」

「あ、葉月！　今日、始業式終わったらみんなで遊びに行くから」

知っている顔と知らない顔に囲まれた羽美奈が、挨拶とともに放課後の予定を一気に告げてくる。二年生になっても変わらないなと思いながら、「どこに行くか決まってるの？」と尋ねる。

「葉月が来てから決めようって話してたんだけどさ、その前にあれ教えてよ」

「あれ？」

「正木《まさき》くんとはどうなった？」

あまり聞きたくない名前に、心の中でため息を一つつく。

彼のことは今日、絶対に聞かれると思っていたが、報告するようなことはない。

「どうって？」

なんでもないことのように聞き返す。

「正木くんから連絡あったでしょ」

春休み中、一度も会ったことも話したこともない人間である彼から連絡があったことは確かだ。でも、私は彼に連絡先を教えていない。

教えたのは羽美奈だ。

それは事後報告で、私が許可したものではなかったが、こういうことは初めてではない。

過去にも何度かあった。悪気があってのことではないし、羽美奈は良かれと思ってしている。彼氏候補を紹介する慈善事業のようなもので、彼女はそういうお節介が好きだ。ただ、彼氏を必要としていない私にはありがた迷惑でしかない。

「連絡あったけど、それだけ」

「え、一緒に遊びに行ったりしなかったの？」

「してない」

「なんで？」

「なんか話合わなかったし」

「そんなの、適当に合わせとけばいいじゃん。話が合わないくらいで遊びにも行かないなんて、もったいなくない？」

「話が合うかどうかって重要じゃん」

「重要じゃないって。葉月は理想が高すぎる。適当なところで妥協して、彼氏作りなって。いくらでも紹介するしさ」

「私のことより、羽美奈は彼氏とどうなったの？」

面倒くさい話を適当にスルーして、羽美奈が一年生のときから付き合っている彼氏の話に持っていく。

「あー、それそれ。むかつくことがあってさ」

羽美奈の言葉に誰かが「むかつくことって?」と言う。私は彼女たちの声を聞きながら、教室の中を見渡す。

教室は、生徒を眺めて比べる悪趣味な水槽のようだ。

クラス替えの初日から力関係がはっきりとわかる。

羽美奈のような派手な魚の周りには、地味な魚はいない。彼女と同じように目立つ魚か、私のように彼女とともにいることで得られるものを享受しようという魚だけが側《そば》にいる。

でも、海のように、強い魚が弱い魚を食べてしまったりはしない。

衝突を避けて、派手な魚も地味な魚も泳いでいる。

絶妙なバランスで平和が保たれている水槽の中は、それほど居心地は悪くない。クラスメイトの分類なんて趣味がいいとは言えないし、あまり好きではないが、立ち位置が決まれば好きに泳ぐことができる。家族が受け入れてくれない自分を受け入れ、上手《うま》く立ち回れば、ほどほどに楽しい時間が保証される。無理をして努力し続けるよりはいい。

「そこ、フルーツサンドが美味《おい》しいんだって」

羽美奈の弾んだ声が聞こえてきて、視線を戻す。

彼氏の話は、いつの間にかフルーツサンドの断面がカラフルで綺麗《きれい》だと評判のお店の話に変わっている。

「始業式終わったら、ファンデ買いに行くついでに行きたいんだけど」

羽美奈の声で放課後の予定がコスメとスイーツで埋まり、私は「おっけー」と相づちを打って笑う。

水槽の魚も時間が来れば家という箱に帰らなければならないけれど、その時間が少しでも遅くなるならそれに越したことはない。家族という人形が待っている家は、できの良い姉と同じ人形になれなかった私にはあまり良いものではない。

「あー、始業式だるい。サボろっかな」

羽美奈が褒められない言葉を口にする。

「今日、学校すぐ終わるじゃん」

「すぐ終わるけど、出たくないし。葉月もサボれば」

「先生に目を付けられても面倒だし、出とく」

初日から悪いことをするつもりはないし、この先もするつもりはない。悪目立ちしそうなことは避けるに限る。

予鈴が鳴って席に着く。

一年生のときと同じように派手な魚と一緒に高校生活をそれなりに楽しむためには、最初が肝心だ。わざわざ先生の印象を悪くするようなことはするべきではないし、先生を敵に回しても良いことは一つもない。

私は今日からまた同じ毎日を繰り返す。

おそらく高校を卒業するまでずっと。

代わり映えのしない世界は、自由で、不自由で、楽しくて、退屈だ。それでもほんの少し窮屈な毎日に満足している。少しくらい刺激があってもいいと思わないでもないけれど、頼んでもいないのに働きかけてくるなにかなんて、必要以上に無遠慮で不快なもののことが多い。望むような適度な刺激なんてものはないに等しい。

だから、変わったことなんてないほうがいい。

同じであることは価値がある。

今とは違う毎日を望む自分なんていない。

たぶん、きっと、そうだと思う。

Profile

仙台葉月
｛せんだい・はづき｝

・身長：163cm

・誕生日：8月23日

明るい世渡り上手な女子高生。スクールカーストの上位の下で、クラスでも目立つ方。モテる。一方、家では優秀な姉と比較され居場所がない。人に合わせることが得意。いい加減に見せているが、根は真面目。

memo

第6話　宮城《みやぎ》は適当すぎる

五千円のやり取りがなかったのは、それなりの不満と勇気を持って宮城の家に行ったあの日が初めてだった。持って帰った服は、貯金箱を置いているチェストの奥にしまってある。

返すことができればそれが一番良かったが、命令の対価となってしまったから仕方がない。五千円と同じだ。服を着る予定はない。

でも、特別だったのはあの一日だけだ。あれから数日経《た》った今日、私はいつものように宮城から五千円をもらった。

けれど、変わったこともある。

宮城がサイダーではなく麦茶を出してきた。そして、少しだけお喋《しゃべ》りになっている。

麦茶を出してきた理由はわかるが、どうして話をしたいと思ったのかはわからない。だが、無言が続くよりも楽しいことは間違いなかった。

「その本、つまんなかった」

　ぽつり、ぽつりと話しかけてきていた宮城がまたぽつりと言って、ベッドの上に座って恋愛小説を読んでいた私は顔を上げる。

「そう？　私は面白いけど」

「ハッピーエンドじゃなかったし」

「ちょっと、それネタバレじゃん。私、読み始めたばっかかなんだけど」

「いいじゃん」

「良くない」

　ぎこちない会話は内容があるとは言えない。でも、私に話しかけてくる宮城を見ていると、懐《なつ》くことがなかった野良猫《のらねこ》が頭を撫《な》でさせてくれたような気分になる。

　夏の初めからだから、半年以上。

　時間がかかったが、警戒心の強い野良猫にやっと近づくことができた。手懐《てなず》けることができたかまではわからないが、感慨深い。

　だけどさ、ネタバレは許されないでしょ。

　私は読みかけの小説を閉じて、枕の横へ置く。そして、宮城が読んでいる漫画を取り上げてから、ごろりと寝転がった。文句が聞こえてこないことを良いことに、ページをめくっていく。一巻ではないが、何度か読んだことのある本だからかまわない。三分の一ほど読み進めると、ベッドを背もたれにして床に座っていた宮城が立ち上がった。

「仙台《せんだい》さん。ゲームの相手して」

「ゲーム？」

漫画を置いて宮城を見る。

「そう。これ」

今まで一度もついているところを見たことがないテレビの下からなにかを引っ張り出して、宮城が振り返る。彼女の手には、デフォルメされた車が描かれたケースがあった。

「一人でやってもつまんないし」

おそらくレースゲームであろうゲームソフトを持った宮城が言い、小さなテーブルを少し動かしてスペースを作る。

前に、ゲームはしないのかと宮城に聞いたことがある。そのとき彼女はイケメンに口説かれるようなゲームはしないと言っていたが、どんなゲームをするのかは教えてくれなかった。今、手に持っているソフトがその答えなのかもしれないが、宮城はレースゲームをするようなタイプには見えない。

意外だな。

どんなゲームを手にしていたら納得できたのかはわからないけれど、とりあえず宮城のイメージにあうゲームがレースゲームではないことは確かだ。ただ、車と一緒に有名なキャラクターも描かれているから、レースではなくキャラクターが好きだという可能性もある。

「それって、車で競争するやつ？」

「そう。相手の邪魔したりしながら、ゴール目指すやつ」

「よく知らないけど、こういうのってネットで対戦とかできるんじゃないの？」

「……嫌ならやんなくていいけど」

宮城が不機嫌な声を出し、引っ張り出したゲームを元に戻そうとするから、私は慌てる。暇つぶしの道具が増えるのは歓迎だ。漫画も小説も好きだけれど、たまには違うこともしたい。

「やりたくないわけじゃないけど、やり方がわからない」

私はベッドから下りて、床へ座る。

「今、教える」

宮城がゲーム機の電源を入れ、私の隣へやってきて、レクチャーを始める。でも、思っていたよりも操作が複雑で覚えきれない。途中で宮城も説明が面倒になったのか、ざっくりとした教え方になってきて、私は彼女の言葉を遮った。

「そうだ。今、予備校通ってるから、来られない日があるかも」

「予備校？」

「受験生だし、まあ、仕方なく」

両親は、姉のように出来の良い子どもだけを求めている。家族が望む大学に入ることができれば、子どもの頃と同じ生活ができるはずだと思う。

大学受験は、私が家族の中に戻ることができる最後のチャンスだ。

同時に、家族とかそういうものはもうどうでもいいという気持ちもある。みんなが望む大学に入学することなんてできないし、入学できたとしても拒否したいくらいだ。でも、私は用意された予備校の申込書に名前を書いた。

——今さら予備校に通ったところでなにかがかわるなんてこと、ありはしないのに。

私はベッドを背もたれにして、天井を仰ぎ見る。

自分の部屋とは違う色の壁紙がやけに目に馴染《なじ》む。

「別に、ここに来るのが遅くなってもかまわないけど」

感情が読めない声で宮城が言う。

「予備校終わるの結構遅いから、無理かも。終わってからだと、家に帰るの真夜中近くになりそうだし」

「じゃあ、予備校がある日は次の日に来て」

「わかった」

そう答えると、宮城が説明を終わらせてゲームをスタートさせる。でも、私の車は思った通りに動かない。車が右に曲がるよりも先に、私の体が右に傾く。左も同じだ。真っ直《ま》《す》ぐ走っているつもりがふらふらとして、宮城にすぐに抜かされる。

むかつく。

絶対に私ではなく車が悪い。

そして、宮城が意地悪だ。

バナナの皮とか、爆弾みたいなものを投げてきて私の邪魔をする。おかげで、勝つのは宮城ばかりで私は勝てない。

「宮城、手加減しなよ」

「やだ」

「私、初心者なんだけど」

「知ってる」

「あー、もう休憩しよ。休憩！　勝てないし、つまんない」

私はレースの途中でコントローラーを投げ出す。その間も画面の中では宮城の車が走り続け、トップでゴールする。

「仙台さん、弱すぎ」

情け容赦のない宮城がコントローラーを置き、足を伸ばす。

饒舌《じょうぜつ》というには足りないが、今日は本当に口数が多い。いつも宇都宮《うつのみや》となにを話しているのか知らないけれど、こういう宮城に愛想《あいそ》を足した感じで話をしているのかもしれない。

明日、雪が降ったりして。

そんな失礼なことを思いながら、今までになくお喋りな宮城に視線をやる。三年生になっても、彼女は変わらない。メイクはしていないし、制服はスカートが少し短いくらいであとはそれほど着崩していない。

無難といえば無難。

先生に目を付けられないラインでまとめられている。でも、スカートはもう少し短くしても注意されることはないと思う。

これくらいかな。

勝手に彼女のスカートを少し引っ張ってみると、膝から十センチくらい上にある青あざが目に付いた。

「急になに？」

私が引っ張ったスカートを引き戻して、宮城が睨《にら》む。

「アザできてる」

「学校でぶつけた」

「痛い？」

尋ねながら、青あざをつつく。だが、すぐに手を払われてしまう。

「痛くない。でも、痛いかもしれなかったのになんでつつくの」

「なんとなく」

「アザつついてる暇があったら、続きしてよ」

不満だらけの顔をしている宮城から、コントローラーを渡される。ゲームはそれなりに面白いが、一度も勝てないというのは面白くない。というか、これ以上負けたくない。

私は宮城の気持ちをゲームから引き離すべく思考を巡らせ、あることを思い出す。

「宮城。キスマークって切ったレモンを乗せると早く消えるって知ってる？」

「知らないけど、それ、経験者は語るってヤツ？」

宮城が〝清楚《せいそ》っぽく見せて実は遊んでいる〟という不本意な私の噂《うわさ》をもとに問いかけてくるから、きっちり否定しておく。

「経験者じゃないから。羽美奈《うみな》がキスマークを消すときは、切ったレモンを乗せたらいいって言ってたの」

「もしかして、このアザにレモン乗せろってこと？」

「そういうアザって内出血だし、キスマークも内出血だって言うから効果ありそうだなって」

「ないと思う。大体、茨木《いばらき》さんのキスマーク、レモンで早く消えたの？」

「本人は消えたって言ってたけど、ほっといても消えたのかもね。温めたり、冷やしたりするのもいいって言うし、なんか試してみたら」

「二日くらい前からだし、今さら消さなくていい」

宮城《みやぎ》が面倒くさそうに言ってコントローラーを置き、麦茶と一緒に持ってきたサイダーを飲む。レースを続けるという気持ちがどこかに消えたのか、ゲーム機の電源を落とした。

レースゲームに負け続けるという役割から解放された私は、出しっぱなしの漫画を手に取って開く。でも、一ページも読まないうちに宮城に肩を叩《たた》かれた。

「実験してみようよ」

「実験？」

「そう、実験。仙台さん、とりあえずブレザー脱いで」

弾んだ宮城の声に嫌な予感がする。

「それって命令？」

「命令。早く脱いで」

有無を言わせぬ口調で宮城が言う。

ブレザーを脱ぐ、という行為自体に抵抗はない。過去にこの部屋で何度も脱いでいる。でも、宮城に言われて脱いだことはない。

「先になんの実験するのか聞きたいんだけど」

ブレザーを脱げという命令の先になにがあるのかは予想できる。そして、それが予想通りなら好ましいことではないし、私と宮城の関係に相応《ふさわ》しいものでもないと思う。だからこそ、実験の内容を確かめておきたかった。

「ブレザー脱いだら教える」

やっぱり、そう言うよね。

私は小さくため息をつく。

素直になにをするのかを教えるような人間なら、こんな命令はしない。やましいことがあるから内容を伏せるのだ。だが、この命令自体はルールに違反するようなものではないから、私は大人しくブレザーを脱いでベッドの上へ置く。すると、次の命令が飛んでくる。

「腕、まくって」

ブラウスの胸のボタンを外せ。

実験される場所はそんなことを言われる場所だと思ったが、どうやら違うらしい。

「だから、なんで？」

宮城がなにをするつもりか予想できるが、尋ねておく。

「キスマーク、レモンで消えるんでしょ？　それ、本当かどうか仙台《せんだい》さんの腕で実験する」

宮城は時々、いや、高確率で理解できないようなことを言う。

キスマークをつけて消す。

そういうことをやりたいのだろうと予想はしていたが、何故《なぜ》そんなことをしたいのかはまったくわからない。

「実験、失敗したら困るんだけど」

「腕なら跡消えなくてもブラウスで隠れるし、問題ないじゃん」

「あるよ、大ありでしょ」

体に跡を残す。

私と宮城の間にある繋《つな》がりは、そういうものではない。今まで手や足を舐《な》めたり、舐められたりしたし、噛《か》んだり、噛まれたりもしたが、跡が長く残るようなものではなかった。

でも、今度は違う。

制服で隠すことができても、宮城につけられた跡を上手《うま》く消すことができなければ私の体にしばらくつきまとうものになる。それは、歓迎できることではない。

「こういうところにするんじゃないからいいでしょ」

宮城が軽率に私の首筋に触れる。

指先はするりと下へと滑り落ち、鎖骨の上へと着地する。ブラウスのボタンを二つ開けているから、行こうと思えばもっと下へ行くことができて、私は彼女の手を振り払った。

「こんなところに跡つけたら、張り倒す」

「張り倒すとか、仙台さん清楚キャラ忘れてる」

「宮城も学校とキャラ違うし、いいでしょ。どんなキャラだって」

「どんなキャラでもいいけど、腕まくってよ」

宮城が命令は絶対だと主張するように強く言い、私の右腕を摑《つか》んだ。

断るための理由はある。

体育の着替えで見えてしまう。

それはルールに沿った無理のない理由で、宮城を引かせることができるはずだ。でも、私は彼女の言葉を受け入れ、袖口のボタンを外し、腕を出す。

「はい。これでいい？」

ルール違反だと告げただけで関係が途切れてしまうとは思わないが、宮城は気まぐれだ。私を遠ざけたと思ったら、今日はやけに近くにいる。そうした気持ちの移り変わりと同じように、もう五千円を払うつもりはないと言いだしてもおかしくはない。

誰にでもそこそこ好かれて、先生にも可愛《かわい》がられる仙台葉月《はづき》。

私はそういう自分を演じずにすむ場所と自分の家ではない場所、そして、気を使わなくても良い宮城という存在をそれなりに必要としていた。

「この辺でいいかな」

宮城が独り言のように呟《つぶや》いて、私の前腕――手首と肘の間、真ん中辺りを押す。

「好きにすれば」

「言われなくてもそうする」

知ってる。

私が心の中で答えると、内側の柔らかな部分が注射をする前みたいに触られた。

少し間を置いて、唇が押しつけられる。

注射のようにすぐにちくりとはしない。

舌が当たって、じわじわ、ゆっくりと強く吸われる。

特別な感覚はなかった。舐められたり、噛まれたりするほうが他人に触れられていると

いう感触がある。

だから、たいしたことはない。

肌の上に唇と舌が乗っているだけで、痛みもない。でも、触れている唇や舌にそれほど熱があるわけでもないのに、やけに熱いような気がした。

「もういいでしょ」

私は、彼女の頭を押す。すると、吸われていた皮膚が体に戻ってくるような感覚があってから、宮城が顔を上げた。

「ちゃんとついたし、成功かな」

彼女の言葉に視線を落とすと、腕に小さな赤い跡がはっきりとついていた。

それは子どもの頃に遊びの延長で腕に自分でつけた跡とそう変わらないもので、羽美奈の首にあった跡と同じに見える。だが、宮城がつけた跡、ということだけが過去のどれとも違った。

自然とため息が出る。

幼い頃とは違って、他人がつけるこういう跡がどんなものなのか私は良く知っている。

宮城が読んでいる漫画によく出てくるもので、赤い跡はそれと繋がる。私は、汚れを落とすように手のひらで腕を拭う。

宮城に所有権を主張されても困る。

彼女にはそんなつもりはないだろうし、私の考えすぎだろうけれど、見るたびに思い出すようなものが体に残っているというのは良くない。

——早く消してしまわなければ。

私は、手のひらで腕を温めながら宮城に尋ねる。

「で、レモンあるんだよね？」

「うちの冷蔵庫の中、見たことあるよね？」

唐揚げを作ったとき、清々《すがすが》しいほどに物が入っていないこの家の冷蔵庫を見た。

だから、知っていた。

ないだろうと思っていた。

そう、思っていたんだ。

私は、宮城につけられた跡をぎゅっと押さえつける。

「制服で隠れるし、いいでしょ。気になるなら、さっき自分で言ってた温めたり、冷やしたりする実験してみれば？」

宮城が自分は関係ないといった顔で私を見た。

腹が立つ。

とても。

私は、ブラウスの袖を下ろしてボタンを留める。

「じゃあ、宮城も腕出して。ブレザー脱いで、腕貸してよ」

「なにそれ、命令？」

「命令じゃない。お願い」

五千円をもらっている私に、命令をする権利はない。

ならば、お願いという形で意見を通すしかなかった。

「それがお願いする態度？」

「そうだよ」

「ちゃんとお願いしてくれたら、貸してもいいけど」

何故、私が下手にでなければならないのか。

宮城は自分が実験台になるつもりなんて欠片《かけら》もないくせに、実験すると言って私にだけ跡を残すような人間だ。そこまでへりくだる必要はないと思う。

思うけれど、彼女が言うように〝ちゃんとお願い〟をする。

「……腕を貸してください」

彼女を私と同じ場所まで引きずり下ろす。

そのためには、多少の犠牲は仕方がない。

「キスマーク、つけていいよ」

あっさりと宮城《みやぎ》が言い、ブレザーを脱ぐ。そして、ブラウスの袖をまくり、腕を差し出してくる。

違う。

こういう感じではない。

抵抗してほしかったわけではないが、躊躇《ためら》うことなくいいよと言われたいわけではなかった。宮城を私と同じ場所まで引きずり下ろしたいとは思ったけれど、彼女が自ら下りてくるのは違う。

これでは私が宮城に従うみたいで、かちんとくる。宮城は私と同じように戸惑うべきだし、腹立たしく思うべきだ。キスマークをつけていいなどと、宮城から口にするべきではない。

「やっぱりいい」

私は、宮城のまくられた袖を下ろす。そもそもキスマークをつけるなんていうことは、私たちの間に必要のない行為だ。

もうどうでもいい。

私はそう考えることに決めて、気持ちを落ち着かせるためにゆっくりと息を吸う。だが、吸った息を吐き出す前に宮城が言った。

「仙台さんから腕を出せって言ってきたのに?」

「だって、こういうのって友だちにすることじゃないじゃん」

目的はともかく、放課後に家を訪ねて、一緒の時間を過ごしているのだから宮城は友だちだ。一般的な友だちとは少し違うような気もするが、大きな枠で見れば友だちの範囲に入っていると思う。

けれど、宮城は私の言葉を否定した。

「——私と仙台さんは友だちじゃないよ」

だからか。

私は、ようやく宮城の今までの行動を理解する。

友だちではないから、バレンタインデーの友チョコに微妙な顔をしたり、夕飯を作るなと言ったりした。

普通ではない命令をするのも、友だちではないから。

だったら、じゃあ。

私たちはどういう関係なのだろう。

少なくとも、私は宮城を友だちだと思っている。学校がない日は会わないし、連絡も必要最低限のものだけしかしない。でも、放課後に家へ寄ったり、たわいもないことを話したりしていれば友だちだ。

宮城にとっては違うようだけれど。

「友だちじゃなかったら、なんなの？」

私は素直に疑問を口にする。

「なにって、そんなのわかるわけないじゃん」

怒ったように言って、宮城がもう一度袖をまくった。

「はい」

短く軽い声とともに腕が差し出される。

はっきり言えば、友だちだと思っていた人間からそれを否定されるというのはあまり気持ちの良いものではない。でも、よく考えてみると、私と宮城は友だちという言葉にこだわるほどの関係でもないように思う。

成り行きでこういう関係になっただけだ。

宮城という人間に興味を持って、どんな命令をするのか知りたくなっただけ。嫌なことがあったら、五千円を返して終わりにすればいい。そう思って、この部屋に通うようになった。

五千円がなければ、切れてしまうような薄っぺらい繋《つな》がりしかなかったのだ。

それでも、サイダーをかけてきた日の宮城とは違って、今日は私を遠ざけようとしているようには見えないから、二人の関係を間違いなく言い表せる言葉を注意深く選んで口にする。

「私、宮城の恋人じゃないし。袖おろして」

「恋人じゃないと、キスマークつけちゃいけないってこと？」

「一般的にはそうじゃない？」

「急に清楚《せいそ》っぽい発言するんだ。遊んでそうなのに」

「ぽいじゃない。清楚なの。あと、前から言ってるけど遊んでないから」

宮城がわざと言っていることはわかる。でも、彼女が度々口にする私にとって不名誉な発言はしっかりと訂正しておく。

「仙台《せんだい》さんがそう言うなら、そういうことにしておくけど……。友だちじゃなくても恋人じゃなくても、こういうことする人いるでしょ」

「いることはいるだろうけど、私は違う」

「もう恋人じゃない私に跡をつけられてるのに、そんなこと言っても遅いよ」

なるほどね。

一理ある。

――いやいや、ないない。

恋人ではない宮城に跡をつけられたからといって、恋人ではなくてもこういうことをする人というカテゴリに私を放り込むのは間違っている。それに、宮城にキスマークをつけろと言われるとつけたくなくなる。彼女の腕に跡をつけようとしたのは私だけれど、こうグイグイとこられると逃げたくなってしまう。

「じゃあ、命令」

動こうとしない私に、逆らうことができない言葉を宮城が口にする。

「私がしたのと同じようにして」

彼女の声は、友だちではないという証《あかし》が欲しいと言っているように聞こえた。

きっと、踏み絵みたいなものなのだと思う。

私と宮城が友人関係にないということをはっきりとさせる。

今の命令は、そういう行為をしろということだ。

「わかった」

命令は理解したが、納得したわけではない。それでも私は、彼女の腕を摑《つか》んだ。そして、薄く唇を開いて、宮城が跡をつけた場所と同じ位置に押しつける。息を吸うように腕の皮膚を吸うと、ちゅっ、と小さな音がして頭の中に響く。

舌先で肌に触れても味はしない。

噛《か》んだときのような感触もない。

紙パックのジュースをストローで飲むみたいに、吸っているだけだ。

唇についた肌は少し冷たくて、柔らかい。

感触は悪くない。もう少し強く唇を押しつけて、一気に息を吸い込む。腕を齧《かじ》るみたいに歯も押し当てると、宮城に肩を摑まれ、私は顔を上げた。

「思ったより赤くなった」

宮城の声に視線を彼女の腕に落とすと、そこには花びらみたいに赤い跡がついていた。

「どうするの、これ」

私は自分がつけた跡を指先で押す。

「どうもしない。ほっとく。そのうち消えるし。仙台さんは、彼氏につけられたって言っとけば」

「彼氏いないし、誤解を生むから言わない」

明日は体育の授業はない。着替えることがないから、宮城につけられた跡を誰かに指摘されることもないはずだ。数日後には体育があるけれど、跡が薄れていると思いたい。

「宮城さ、今日、少し変じゃない？」

私はブラウスの上からキスマークを押さえる。

口数が多くて、今までしなかったゲームをして。

命令が後に残るような行為までした。

「いつもと変わらないと思うけど」

「変だよ」

「それを言うなら、仙台さんだって変じゃん。今まで私に命令みたいなお願いなんてしたことなかったのに」

「そうだけど」

「そんなことより、このボタン外していい？」

前触れもなく宮城が私のブラウスに触れ、上から二つ外したボタンの下、三つ目のボタンをつまんで引っ張る。

そのボタンには良い思い出がない。

サイダーをかけられた日のことが脳裏に浮かんで、眉間に皺《しわ》が寄る。

「絶対に駄目。なにするつもりなの」

「ここにもつける」

そう言うと、宮城がボタンから手を離し、ちょん、と鎖骨からかなり下の方を指でつついた。

「そんなところに跡つけたら、張り倒すって言ったよね？」

「だって、仙台さんキスマークつけるのあんまり嫌がらなかったし。それに、仙台さんって学校だとボタン一つしか外してないから、この辺見えないでしょ」

よく見てるな、と思う。

確かに宮城が言うとおり、学校ではブラウスのボタンは一つしか外さないし、ネクタイもそれほど緩めていない。校則は守っていないが、先生に目をつけられない程度に留《とど》めているから、宮城がつついた辺りなら着替え以外で誰かに見られることはないはずだ。

でも、だからといってキスマークをつけていいわけではない。

「そういう問題じゃない」

「いいじゃん」

命令だとは言わずに、宮城が私のネクタイを外して三つ目のボタンも外す。

断りもなく胸元を開けると、顔を近づけてくる。

息が吹きかかって、くすぐったい。

彼女がつついた部分に、自分のものではない熱が近づく。

髪の毛が肌に触れて、なんだかやけに生々しい。

意識が皮膚の表面に集まってきて、私は宮城《みやぎ》の肩を押した。

「やめてよ」

「つまんない」

あっけないほど簡単に私から離れた宮城が、平坦《へいたん》な声で言う。そして、唇をつけようとした部分をつまんで、結構な力でつねった。

「いたっ」

思わず声を出して宮城の腕を掴むが、手は離れない。

「跡なら、こういう方法でもつくよね」

そう言って、宮城がつねる手に力を込めた。

肉をちぎり取るつもりだと言われたら信じたくなるほどつねられて、私は彼女の手を強引に剝ぎ取る。

「痛いからっ」

「冗談だから」

「馬鹿じゃないの。冗談にならない」

「今のくらいで跡残ったりしないでしょ」

そういうことではない。

単純に痛い。

冗談ですませたくないくらい痛かった。

それに、つねって跡を残すなんて普通は考えない。宮城の頭には、常識を留めておくネジが存在しないのだと思う。でも、今の行為はおかしいと言っても、常識をどこかに落としてきたような宮城に伝わるはずがなかった。

私が小さくため息をつくと、宿題を出す先生のように事務的な口調で宮城が言った。

「夕飯、食べてく？」

「食べてく」

どうせ、家に帰っても一人で食事を済ませるだけだ。

それなら、誰かと一緒に食べるほうがいい。

私は、宮城に外されたボタンを留める。

「なんでもいいよね？」

問いかけられて「いいよ」と答えると、宮城が今までの行為も会話も存在しないみたいに立ち上がって部屋を出る。

私はブレザーを着て、腕を見る。当たり前だけれど、宮城がつけた跡は見えない。

「やっぱり、断れば良かった」

一人呟《つぶや》いて、部屋を出る。

たぶん、宮城は私を必要としている。

私も、この場所を提供してくれる宮城を必要としている。

とりあえず、お互いが必要な関係であることは間違いないけれど、こういうことが続くと困る。この関係には限りがあって、高校生活が終わる頃には一緒に終わるはずだ。この先長く生きることを思えば、刹那的な関係と言える。それなのに、体に跡が残るような行為は、二人の間を未来永劫《えいごう》続くものにする行為に思えて胃が重くなる。

この跡はいつまで残るんだろう。

私はリビングに向かいながら腕を押さえた。

第7話　仙台《せんだい》さんの声が聞きたい

舞香《まいか》が通っているのは塾。

仙台さんが通っているのは予備校。

二つとも、通うならお金を出すと父親から言われている。でも、私には塾と予備校の違いがよくわからない。

どちらも勉強をするところ。

そういう認識でしかない。

それくらいどちらにも興味がない私でも、予備校に通っている仙台さんを頻繁に呼び出すのは悪いなと思うくらいの気持ちはある。だから、彼女を呼ぶのは週に一回だけにしようと決めた。

いつも嫌なことがあった日は仙台さんを呼んでいたけれど、ちょっとくらいの嫌なことなら我慢する。

先週、彼女が帰ったあとにそう決めたのだけれど、私はもう仙台さんを呼び出したくなっている。

「やる気でない」

椅子の背もたれに背中を預けて、はあ、と息を吐くと、向かい側に座っている舞香が笑いながら言った。

「今日の生《い》け贄《にえ》、志緒理《しおり》だったね。運悪すぎ」

「ほんと、運悪いよね。今日のどら橋、機嫌すっごい悪かったし」

舞香の隣で、亜美《あみ》が青い服ばかり着ている高橋先生の通称を口にする。私は二人の言葉に終わったばかりの授業を思い出して、今はもういないどら橋に文句を言う。

「生徒に当たるのやめてほしい。最低だよ、最低」

世界史のどら橋は機嫌が悪いと生徒に八つ当たりすることで有名で、今日は授業が始まる前から鼻息が荒く、眉間には深い皺が刻まれていた。

絶対に当てられたくない。

そう思っていたのだけれど、私は見事にターゲットになった。意地の悪い質問に答えられず、ねちねちとしつこく文句を言われた。最後には名指しで嫌味を言ってから職員室に帰っていったせいで、私のテンションは地の底まで落ちている。

「もう帰りたい」

教科書とノートを机の中にしまいながら呟くと、亜美につつかれた。

「気持ちはわかるけど、次、体育。そろそろ移動しないと」

「わかってる」

私は体操服を持って立ち上がる。

三人で仲良く教室を出て、廊下を歩く。ぺたぺたと上履きを鳴らしながら体育館に向かっていると、舞香が「そういえば」と思い出したように言った。

「志緒理。腕、怪我《けが》でもしたの？」

「してないけど、なんで？」

「最近、よく触ってるから」

「……触ってる？」

「今も触ってるじゃん」

舞香の言葉に、意識が腕に集まる。

私の手はそれが癖になっているみたいに、仙台さんがつけて今はもう消えてしまった跡があった辺りを押さえていた。

「ほんとだ」

なんでもないことのように言って、腕を押さえていた手を離す。

先週、仙台さんがつけたキスマークは長くは残らなかった。二日もしないうちに薄れて、赤かった跡は薄い橙色《だいだいいろ》に戻って私に同化した。その間、腕を触っていたという記憶はない。今も、舞香に言われなければ気がつかなかった。

なんで、どうして。

こんなのは、跡が残っていてほしかったみたいで嫌だ。

「おーい、志緒理。歩くの忘れてる」

元気の良さを表すようなショートカットがよく似合う亜美に、印象通りの力で腕を引っ張られる。ふわりと浮いていた意識が体の中に戻ってきて、私は止まっていた足をのろのろと動かした。

「どら橋にいじめられたことが、そんなにショックだった？」

ぺしん、と私の背中を叩《たた》いて、舞香が笑う。

そういうわけではないけれど、否定はしないでおく。

私は亜美に引きずられるように歩きながら、聞きたかったことの一つを舞香に尋ねた。

「そうだ、舞香。塾って、大変？」

「大変と言えば大変だけど、受験が終わるまでだしね。あ、志緒理も塾通うの？」

「通わないけど」

「通うなら、うちにしなよ、うち。結構、わかりやすいし」

舞香がまるで自分のものみたいに塾の宣伝をする。勉強をしたいわけではないが、舞香と同じ塾に通ったら一人で部屋にいるよりはマシになるのだろうか。

じゃあ、もし、仙台さんと同じ予備校に通ったら――。

現実にするつもりもなければ、現実になることもない考えが浮かんで、慌ててそれを頭の中から追い出す。塾か予備校、どちらかに通うことになるのなら、きっとそれは塾だ。

今のところ、通う予定はないけれど。

「考えとく」

舞香の熱い勧誘に一応の答えを返して前を見ると、廊下の奥に見慣れた姿があった。

「相変わらず目立ってるね」

亜美は、誰が、とは言わなかったけれど、それがこちらに向かってくる茨木《いばらき》さんとその友だちを指していることはすぐにわかった。

もちろん、その中には仙台さんも含まれている。

彼女たちは、学校が自分のものだと主張するように廊下の真ん中を歩いていた。

「だね」

舞香が小さく言って、廊下の端に避ける。

前から、きゃあきゃあと高い声が聞こえてくる。

茨木さんたちの声が近くなって、仙台さんと目が合う。でもそれは一瞬で、私たちはすぐにすれ違った。

学校は広いけれど三年生は同じ校舎にいるし、仙台さんは隣のクラスだから、こういうことがよくある。けれど、仙台さんと廊下で会っても言葉を交わしたり、手を振ったりということはしない。そういう約束だから、それに不満はない。

それなのに、体に小さななにかが張り付いているみたいな違和感がある。なんだかすっきりしない気分になって、憂鬱になる。どら橋に八つ当たりされたことも手伝って、また仙台さんを呼び出したくなってしまう。

でも、呼び出したくなるだけだ。

ちょっとくらいの嫌なことは我慢すると決めている。

「そうだ、知ってる？」

茨木さんたちを追うように後ろを見ていた舞香が、唐突に私たちのほうを見る。

「仙台さん、男バスの二年生に告られたんだって」

舞香が小さな声でどこから仕入れたのかわからない情報を口にすると、亜美が興味《きょうみ》津々《しんしん》といった声で問い返した。

「え、それっていつ？　っていうか誰？　誰？」

「学校始まってすぐって聞いたけど。相手は山田らしいよ」

告げられた言葉に、私は記憶を辿《たど》る。仙台さんから、バスケ部の男子から告白されたなんて話は聞いていない。山田という男子のことが話題に上ったこともなかった。

そもそも私は、山田が誰なのかすらわからない。

仙台さんとはなんでも話すような仲ではないし、恋の話をするような仲でもない。だから、彼女について知らないことはたくさんある。それでも私の知らない仙台さんのことを舞香の口から聞くというのは、あまり気分の良いものではなかった。

「結構格好いいじゃん」

亜美がいつもよりも高い声で言う。

「えー、それほどでもなくない？」

「そう？　志緒理はどう？」

予想していなかったタイミングで亜美に話を振られて、私は足を止めた。

「……どうって。誰かわかんないし。それより、よく知ってるね。そんなこと」

「同じ塾の子から聞いた」

舞香が軽い口調で言って、また別の噂話《うわさばなし》を始める。

今日、仙台さんは予備校の日で、呼んでも来るのは明日だ。

頻繁に呼び出すのは悪いなと思っている。でも、私は体育の授業が終わってから、仙台さんにいつものメッセージを送った。

◇◇◇

「昨日はごめん」

部屋に入ってくるなり、仙台さんが謝る。

「そういう約束だし、いいよ」

予備校がある日は来られないという彼女に、そういうときは次の日に来てと言ったのは私だ。昨日送ったメッセージはその日のうちに来られないとわかって送ったものだし、仙台さんは約束通り翌日である今日、この家にやってきた。ルールは守られているから、なんの問題もない。

「はい」

私は、参考書やタブレットが置いてあるライティングデスクの上に用意しておいた五千円を渡す。

「ありがと」

仙台《せんだい》さんは短く答えると、鞄《かばん》の中から財布を出して薄い紙一枚をしまう。そして、ライティングデスクの上のカレンダーを一緒に見ながら言った。

「もうすぐゴールデンウィークだ」

「この間、春休みが終わったばっかりなのに」

「宮城《みやぎ》って、休みが嫌いなの？　春休みの前も機嫌悪かったけど」

仙台さんは、機嫌が悪かったと感じた理由は口にしなかった。けれど、彼女の頭には、私がサイダーをかけた日のことが浮かんでいるに違いない。

「休みになってもそんなにすることないし、つまんないだけ」

私は機嫌が悪かった理由ではなく、休みを歓迎できない理由を告げた。

「休み、いいじゃん。どこか遊びに行けば」

ゴールデンウィークの予定ならある。

舞香《まいか》と亜美、私の三人で出かける約束をしている。でも、わざわざそれを仙台さんに教える必要はない。私はカレンダーを倒して、彼女の腕をつついた。

「仙台さん。腕、見せて」

命令したわけではないけれど、仙台さんが素直に腕を出す。でも、差し出された腕は制服に覆われたままだった。

わかってるくせに。

私は、なにを求められているのかわかっていながら、それをしようとしない彼女に強く告げる。

「袖まくってよ」

「はいはい」

仙台さんが心のこもっていない声で言い、ブラウスの袖を留めているボタンを外してブレザーごとまくりあげた。私は、その腕を摑《つか》む。

手首と肘の間、真ん中辺り。

腕をじっと見ると、仙台さんが言った。

「思ったより早く消えた。宮城は？」

言葉通り、私がつけた赤い跡は見当たらない。

「すぐに消えた」

「足のあざも？」

「消えた」

彼女がつけたキスマークとは違い、足を強打してできた内出血は腕にできた跡よりも消えるまでに時間がかかったけれど、今はもうない。腕も足も、跡がついていたなんて信じられないほど綺麗《きれい》に内出血が消えている。

仙台さんの腕も、私と同じだ。

先週あった出来事がなかったみたいになっている。

掴んだままの彼女の腕を撫《な》でる。

すべすべとしていて、気持ちがいい。

――この腕にまた唇をつけたら。

腕を動かすなと命令すれば、キスマークをもう一度つけることができる。私はキスマークがあった辺りをぎゅっと押す。当然、跡はつかない。指先に力を込めてもう一度同じ場所を押すと、その手を掴まれた。

「また跡をつけるつもり？」

頭の中を覗《のぞ》いたかのように仙台さんが言う。

「違う」

短く答えると手が解放されて、私は彼女の肘の辺りに触れた。

骨か、筋かなにか。

硬いものがある。

感触を確かめるように触り、手の甲へ向かって撫でていく。指先に辿り着くと、折り返して手のひらから血管を辿るように撫で上げていく。

「あんまり触られると、くすぐったい」

ぴくりと指先を動かして仙台さんが言った。それでも腕を引いたりはしなかったから、私は彼女の柔らかな皮膚に指を滑らせ続ける。こうしていると、仙台さんをなんで呼び出したのかわからなくなっていく。

私の知らない彼女のことを舞香の口から聞いて、喉がきゅっと締まるような息苦しさを感じた。腹が立つというほどではなかったけれど、気分が悪かった。

今は？

視線を上げると、目の前に学校と同じ優しそうな顔をした仙台さんがいた。

私が見たいのは、こういう仙台さんじゃない。

滑らかな彼女の腕に爪を立てる。ぎゅっと力を入れると、皮膚に指先が埋もれていく。

「爪、痛い」

そう言いながらも、仙台さんは私の手を払い除《の》けたりしない。

「男バスの人、格好いい？」

聞きたかったわけじゃないけれど、舞香たちの話が頭に残っていたせいかつまらない質問が口から飛び出る。

「なんで男バス？」

「告られたって」

「宮城が？」

「……わかってて言ってるでしょ」

仙台さんがこういう人だということは知っている。私には少し意地悪で、命令しないと思った通りに動いてくれないところがある。

指先にもう少しだけ力をいれる。

仙台さんがわずかに顔を歪《ゆが》めて、私の手を無理矢理剝がす。

「断った」

告白をされたということは否定せず、ぼそりと結果だけを告げてくる。

「なんで？」

「なんでって。別に好きじゃないし、付き合っても会う時間ないから」

「会う時間なんて、いくらでも作れるじゃん」

「予備校あるし、ここにくる時間もあるんだけど」

仙台さんが面倒くさそうに言って、細く残った爪痕を撫でた。

「予備校がなくて、ここにくる時間がなければ付き合うの？」

「いや、好きじゃないって言ってるじゃん。それに、心配しなくても宮城を優先してあげる」

「そんなこと頼んでない」

私は、目の前でわざとらしい微笑《ほほえ》みを浮かべている仙台さんの足を軽く蹴る。

「うわ、行儀悪い」

「仙台さんほどじゃない」

今は寝転がっていないけれど、スカートの中身が見えそうになるくらいだらしなく人のベッドに横になったりする人に言われたくない。

「男バスの子に嫉妬してるんでしょ。わかってるって」

羽が生えたみたいに軽く言って、仙台さんが袖を下ろして腕を隠す。そして、ベッドに腰をかけた。

「馬鹿じゃないの」

からかうような口調に、本気で言っているわけじゃないとわかったが、文句を言わなければ気がすまない。私は、舞香ですら知っていることを知らなかった。そういうことを仙台さんが私に話そうともしてくれていなかったことに、なんだか少し嫌な気持ちになっただけだ。

これは、嫉妬じゃない。

私は床に座って、ベッドを背もたれにする。

気持ちが定まらない。

三年生になって仙台さんに足を舐《な》めさせたあの日から、私はどこかおかしい。舌先から流れ込んできた仙台さんの体温が私の中に溜《た》まったまま、消えずにいる。だから、友だちのように接した。彼女とゲームをしたり、たわいもない話をしていたら、体に残るおかしな感覚がなくなるのかもしれない。そう思ったけれど、友だちみたいに接することに無理があった。

今だって、そうだ。

友だちみたいに話すことなんてできない。

私は、仙台さんをどうしたいんだろう。

一緒に過ごす時間が長くなるほど、わからなくなっていく。

命令をするだけという当初の目的は、失われつつある。

仙台さんといると、体に張り付く見えないなにかが増えていって胸の奥がぞわぞわとする。落ち着かないし、自分が自分じゃないみたいになる。すっきりとしない気持ちが、テーブルの上にあるサイダーのようにぱちぱちと弾《はじ》けて全部消えればいいのにと思う。

ふう、と息を吐いてから窓の外を見る。

ガラスの向こうは、いつの間にか薄暗くなっていた。

私は鞄の中から現代文の教科書を出して、仙台さんに押しつける。

「命令。ベッドから下りて、これ読んでよ」

「教科書？」

不思議そうな顔をしながら、仙台さんが私の隣に座る。

「そう」

私は立ち上がり、ブレザーとソックスを脱いでネクタイを外し、ベッドにごろりと寝転がる。考えなくてもいいことばかり考えて、少し疲れた。

「漫画でも小説でもなくて、教科書の理由ってなに？」

ぺらぺらと現代文の教科書をめくりながら、仙台さんが言う。

「子守歌のかわり。眠くなるから」

起きているといらないことばかり言ってしまうし、後悔する。

昨日、仙台さんが来てくれていたら呼び出した勢いでもっといろいろ話ができただろうけれど、一日置いてしまった今日はなにを聞きたかったのか自分でもよくわからなくなっている。大体、仙台《せんだい》さんが誰かから告白されたからといって、家に呼び出す必要なんかなかった。

「教科書が子守歌って、先生が聞いたら泣くよ」

そう言うと仙台さんが振り向き、教科書の角で寝転がった私の頭をこつんと叩《たた》いた。

「面白い授業しないほうが悪い」

べしんと彼女の腕を叩き返すと、からかうような声が返ってくる。

「人のせいにするの、良くないよ」

「うるさい。早く読んで」

「読むけどさ。宮城《みやぎ》が寝たら、私はどうすればいいの？」

「寝ても読んでて」

「それ、こっちまで眠たくなりそうな気がする」

やる気のない声で仙台さんが言って、床に座ったままベッドに突っ伏す。

脇腹に彼女の手が触れて、くすぐったい。

私は体を起こして仙台さんの前髪を引っ張った。

「仙台さんは寝ちゃだめ。起きてて」

「はいはい」

はい、は一回。

そう言っても、彼女は二回言うから「一回で」とは命令しない。かわりに「早く読んでよ」と催促すると、仙台さんが体を起こした。

「わかったって」

短い返事が一つ。

そして、聞こえてくる心地の良い声。

同じクラスだった二年生のときは、彼女の声をよく聞いた。授業中、淀《よど》みなく教科書を読む声が羨ましくて、私も同じように教科書を読んでみたいと思った。今日も、澄んだ声が読み間違えることなく教科書の文字を音にしていく。

お気に入りのタオルケットにくるまっているみたいに落ち着く声に目を閉じると、闇色の世界に隔離される。私は壁際《かべぎわ》にころりと転がる。

暗闇の中、仙台さんの声だけが響く。

まるで春休み前の教室にいるような気がする。

教科書に書かれた文字の羅列が、仙台さんの声で流れ込んでくる。先生よりも柔らかな声に睡魔が吸い寄せられて、意識が遠くなっていく。

気がつけば、私はうたた寝どころじゃないくらい深く眠っていた。

夢は見なかった。

ただ、何時間も眠ってしまったような感覚があって目が覚めた。

静かな部屋、少しずつ頭がはっきりとしてくる。

何時だろう。

時計を見ようと、ゆっくりと起き上がる。けれど、時計を見るよりも先に仙台さんの顔を見ることになった。

「寝たらだめって言ったのに」

いつ眠ったのかは知らないが、彼女は私の隣で寝息を立てていた。

くっつくほど近くにはいない。

仙台さんがベッドの端にいるから、私と彼女の間には隙間があった。

彼女はブレザーを脱いで、ソックスをはいたまま眠っている。ネクタイは緩められ、ブラウスのボタンがいつも通り二つ外されていた。薄くメイクをした顔は整っている。綺麗《きれい》だと言ってもいいと思う。

私は、仙台さんの頰に触れる。起きていたらメイクが崩れると怒られそうだけれど、今はなにも言わない。指先を滑らせて、口の端で手を止める。

この指は、彼女の唇に触れたことがある。

その中にも触れた。

頰よりも柔らかな舌の感触が蘇《よみがえ》る。

仙台さんの湿った舌が私の血を舐め取ったことを思い出す。ズキズキと痛む傷に押し当てられた舌は、温かかった。もちろん、仙台さんが傷口を舐めたからといって、痛みが引いたりはしなかった。でも、私の命令通りに血を啜《すす》り、飲み込んだ彼女があまりいい顔をしていなかったから、それが私には気持ちが良かった。

さすがに傷口を噛《か》まれたときは、気持ちの良さなんかすぐに消えて痛みのほうが強くなったけれど。

唇の端から指を滑らせて、真ん中辺りを触る。

マシュマロみたいに柔らかい。

私はふにふにと唇を押す。

仙台さんは反応しない。

「なんか言いなよ」

声が聞きたいと思う。

私を否定する声を聞きたい。

いつもなら私を止めてくれるはずの声が今は聞こえない。だから、手が止まらない。

唇から顎へ。

さらにその下へ。

指は首筋を撫《な》で、鎖骨へ辿《たど》り着く。でも、仙台さんが目を覚ます気配はない。指をもう少し下にやれば、キスマークを付けるなと言われた辺りに直接触れることができる。私は迷ってから、鎖骨の上、骨を辿って肩へと指を向かわせる。ブラウスの中に隠れていたブラのストラップに手のひらをぴたりとくっつけると、彼女の体は熱かった。

そろそろ目が覚めてもいいはずなのに、仙台さんはぴくりとも動かない。

首筋に目がいく。

彼女がキスマークを付けるなと言ったもう一つの場所。

私は、そこから目が離せない。

肩から手を離す。ブラウスのボタンを外さずに首筋に顔を近づけると、シャンプーの匂いなのか甘い香りがする。

初めて嗅いだ香りじゃない。

仙台さんが来た夜、枕からする匂いと同じだ。

顔をもう少し近づけると匂いが強くなって、心臓の動きが少し速くなる。

耳の少し下辺り。

ゆっくりと唇で触れると、心臓の音が頭の中に響いた。どくん、どくんと聞こえてくる音を誤魔化すみたいに、唇を強く押しつける。歯を軽く立てると柔らかな肉の感触がして、私は慌てて顔を離した。

唇を拭う。

ごしごしと。

今あったことをなかったことにするみたいに拭っていると、ブラウスを引っ張られた。

「なにしてんの？」

ぼんやりとした声に隣を見ると、仙台さんが薄く目を開けていた。

「なにも」

素っ気なく答える。

「あ、エロいことしようとしてたでしょ」

気がついていないと思う。

仙台さんは寝ていた。

今起きたばかりだから、私がなにをしたかなんて知らない。

――はずだ。

「してない」

仙台さんの笑いを含んだ声に、はっきりと答える。

「顔、赤いよ」

そう言って、仙台さんが手を伸ばした。

頬は熱くない。

心臓はまだ少しうるさいけれど、きっと、顔は赤くない。

彼女の手が私の頬に触れる。いつもより温かい手に思わず後ずさる。

どんっ。

「いたっ」

部屋に響いたのは、私が背中をぶつけた鈍い音だ。後に壁があることを忘れていた。でも、体をぶつけたショックで心臓が落ち着きを取り戻す。

「赤いって嘘《うそ》でしょ、それ」

寝転がっている仙台さんに文句を言う。

「騙《だま》されないか」

「そんなことより、なんで寝てるの」

私は仙台さんの足を軽く蹴飛ばして、本を読み続けるという命令に違反した彼女を咎《とが》める。

「宮城が寝てるの見てたら眠たくなって、気がついたら寝てた。今、何時?」

問いかけられて時計を見れば、随分と時間が経《た》っていた。

「もうすぐ八時」

「もっと寝たい」

「起きてよ」

私は、もう一度仙台さんの足を蹴る。すると、彼女がのろのろと起き上がり、背中があった辺りに現代文の教科書が見えた。

「仙台さん」

「ん? なに?」

「折れてる」

仙台さんに下敷きにされていた教科書を手にして、彼女に見せる。背中でプレスされたらしい表紙には、綺麗な折り目がついていた。

「あー、ごめん。読みながら寝ちゃったから。ほんと、ごめんね」

仙台さんが申し訳なさそうな顔をして謝る。

「いいよ、別に。教科書なんて」

綺麗なほうがいいけれど、表紙が折れていてもかまわない。付き合いは一年と決まっている。でも、仙台《せんだい》さんは気になるらしい。

ごめんね、という言葉がまた聞こえてくる。

「どうせ、すぐに使わなくなるし」

私は折れた部分を丁寧に戻してから、教科書を枕の上へ置く。

勉強はそれほど好きじゃないし、受験勉強はやる気が出ない。折れ目がついていてもいなくても、教科書を積極的に活用するつもりはなかった。

「今度、埋め合わせするから」

教科書に折り目をつけた犯人がすまなそうに言う。

「いいって言ってるじゃん」

なにをするつもりか知らないけれど、埋め合わせなんてちょっと面倒だ。教科書にそんな価値なんてない。

そんなことより、仙台さんとの距離のほうが気になる。部屋は広いけれど、ベッドは部屋ほど広くない。だから、私たちの距離はかなり近くて、できればもう少し離れたいと思う。

「でもさ、表紙だし、折れてたら気になるじゃん」

私とは違って折れた教科書が気になるらしい仙台さんが不満そうに言う。

背中に壁があってこれ以上後ろへいけない私は、横へ少しずれる。

「私は気にならないから」

「宮城《みやぎ》が気にならなくても私が気になるから、埋め合わせする」

こういう押し問答になったら、仙台さんはなかなか引かない。私と同じで、自分の意見を通そうとする。彼女は思っていたよりも律儀《りちぎ》な性格だから、本気で埋め合わせをするつもりだろうし、たぶん実行する。

「なんでもいいけど、適当でいいから」

教科書の表紙ごときに時間をかけるのも勿体《もったい》なくて、私は話を打ち切った。

「じゃあ、そういうことで」

どういうことかよくわからないけれど、仙台さんがざっくりと話を締めくくる。そして、私の足をちょこんと蹴った。

「で、宮城。これからどうするの？」

「どうもしない。夕飯食べてくなら、用意するけど」

「どうしようかな」

仙台さんが深く考えているようには見えない顔で、んー、と唸《うな》り、思い出したようにブラウスのボタンを一つ留めた。

この部屋で上から二番目のボタンが外されるところは何度も見たけれど、留められるところは初めて見た。

いつもはしない行動に、体が固まる。

――やっぱり気づいている。

違う。

首筋に触れたとき、仙台さんはまだ眠っていた。

だから、気がついていないはずだ。

じゃあ、なんで、今、ブラウスのボタンを留めたんだろう。

心臓が摑《つか》まれたみたいに痛い。

あんなこと、しなければ良かった。

だって、仙台さんは友だちじゃないし、恋人でもない。

あれは、寝ている仙台さんにしていい行為じゃなかった。

彼女が起きているときなら、良かった。仙台さんに動くなと命令してしたことなら、あいうことだって許される。なんであんなことをしたのか、自分でもよくわからない。

「宮城、眉間ヤバいよ」

仙台さんが私の顔を指さす。

「怖い顔してるから。鏡、見たら」

「いい。見ない」

鏡を見るよりも、この場から逃げ出したいと思う。でも、急に部屋から出て行くわけにもいかない。

「今日は言わないの？」

仙台さんがなにも知らないみたいに、両手を上に伸ばしてストレッチをしながら言う。

「なにを？」

「舐《な》めろって」

「言わない」

今日、そういうことをするのは良くない。

「そっか」

自分から尋ねてきたのに興味がなさそうに答えて、仙台さんが私の足に触れた。ソックスをはいていない足の先からくるぶしまでを撫でてくる。肌の上を柔らかく触れてくる指先がくすぐったくて足を引こうとすると、足首を掴まれた。

「はなして」

強く告げると、彼女は私の言葉に従った。けれど、すぐに指先がするすると上へ向かっていき、スカートの裾を摑むと当然のようにめくろうとした。

「変なことしないでよ」

私は彼女の手を捕まえて抗議する。

「足、本当にアザが消えたか確かめようと思って」

「確かめなくても消えてるし、見えてるでしょ」

「そうだね」

仙台さんが私の手を払い除《の》けて、膝に触れる。

あざが消えたか確かめると言いながら、見たりはしない。

指先で膝をくるりと撫《な》でてくる。

触り方が変だ。

背筋がぞくりとする。

気持ちが悪い。

「アザ、見てないじゃん」

仙台さんは膝をゆっくりと撫で続けている。

「やめたほうがいい？」

そんなことを言いながらも、彼女の手は止まらない。

「今すぐやめて」

強く言う。

けれど、仙台さんはやめてくれない。

膝から下へと指先を走らせ、足の甲に着地する。舐めてと命令したときみたいに触れ続ける。血管を辿《たど》ってそっと指が這《は》う。皮膚の上を蟻《あり》かなにかが歩き回っているみたいで、嫌な感じがする。それなのに仙台さんを本気で止めようとしていない自分がいて、息を吸う。そして、吸った分を吐き出してから、仙台さんの手を摑んで引き剝がした。

「もう終わり。ほんとにやめて。――仕返し？」

寝ている間に首筋に触れたから。

その仕返しがこれなのかと思って尋ねる。

「なんの？」

仙台さんが不思議そうな声を出したけれど、本当に意味がわからずに出した声なのかはわからない。でも、彼女がどことなく楽しそうに見えて、神経を逆なでされたような気持ちになる。

「仕返しじゃないならいい。腕、出して」

私は、返事を待たずに彼女の腕を摑む。

「命令？」

「命令だから、いうこときいて」

「また跡つけるつもり？」

「そういうわけじゃない」

ブラウスの袖のボタンを外して、まくる。

仙台さんの手首と肘の間。

この前、跡をつけた辺りに思いっきり噛《か》みつく。

ぎりぎりと。

皮膚を噛み切るくらい力を入れると、仙台さんが私の額を押した。

「ちょっと、マジで痛い」

ぐいぐいと額を押されて顔を上げると、抗議の言葉が続く。

「ありえない。よく人のこと、こんなに力一杯噛めるよね。おかしいんじゃないの」

仙台さんが腕をさすりながら、袖を下ろす。

「教科書折った埋め合わせ」

「勝手に埋め合わせしないでよ」

「いいじゃん。歯形なんてすぐ消えるし」

私がしたことなんて、全部消えてなくなってしまえばいい。

それに、命令だからなにをしたって文句を言われる筋合いはない。仙台さんだって、本気で怒ってはいないはずだ。

私たちは、そういう関係なんだからこれでいい。

「すっごく痛かったんだけど」

仙台さんが恨めしそうに言う。

「変なコトしたおしおきも含まれてるし」

「宮城がいつもしてくる変なコトに比べたら大したことないのに」

少しだけむっとした声で仙台さんが言って、ベッドから下りる。

いつも通りだ。

私は、不機嫌そうな彼女にほっと胸を撫で下ろした。

第8話　宮城が私に触るからだ

戸惑う宮城が面白い。

なんて言ったら性格が悪そうだが、自分の罪を告白しているような反応をする宮城に問題がある。

「動かないで」

私は、テーブルの向こう側に座って漫画を読んでいる宮城に向かって手を伸ばす。でも、指先が触れる前に彼女が怪訝《けげん》そうな声を出した。

「なに？」

「髪の毛ついてる」

手を伸ばした理由を告げると、宮城が本から顔を上げて「どこ？」と尋ねてくる。

「取ってあげる」

テーブルに手をついて、身を乗り出す。胸元に向けて伸ばした指で、宮城の首に触れる。

強く触ったわけではない。

本当に軽く、一瞬だけ。

手元が狂ったみたいに触れただけだったのに、宮城《みやぎ》は必要以上にのけぞった。

数日前。

この部屋で眠ってしまった日、首の辺りがくすぐったくて目が覚めた。けれど、頭が半分以上眠っていたから、自分がなにかされてそんな風に感じたのか、ただの気のせいだったのかはっきりとわからなかった。

まあ、でも。

夢かと思っていた出来事は、やっぱり夢ではなかった。

宮城の反応を見ていると、そう確信できる。あの日、首筋に触れたのは宮城の唇だ。私は、肩よりも少し長い彼女の髪を引っ張る。

「いたっ」

「ごめん。まだ抜けてなかった」

引っ張ったのはどう見ても抜けていない髪だったけれど、そう言っておく。

「わざとでしょ」

「抜けてるように見えたから、取ってあげようと思っただけ」

わざと、というのは間違っていないから否定しない。

私は、今日この部屋へ入ってきたときのことを思い出す。

二つ目のボタンを外そうとして、やめて。

宮城を見ただけなのに、目をそらされた。

それからずっと様子がおかしい。今だって、ちょっと悪戯《いたずら》をしただけで大げさなくらいに驚いた。

「宿題、早くやってよ」

不機嫌そうに宮城が言う。

懐《なつ》いてきたように見えていた野良猫《のらねこ》が警戒心を露《あら》わにしている。

今日の宮城はそんな風にも見える。

「急《せ》かさなくても、もうすぐ終わる」

宿題やって。

一時間くらい前にされた命令は、クラスがわかれてから少し面倒なものになっている。

同じクラスなら宿題は同じもので、自分がやった宿題を写させているという感覚で済んだ。

でも、今は出される宿題が違うから、彼女のためだけに宿題をやらなければならない。

宮城の成績は特別良くはないし、苦手な教科もあるようだけれど、そこまで悪いわけでもないはずだ。

受験もあるし、真面目にやればいいのに。

なんだって、良いほうに分類されているほうが選択肢が増える。勉強もできないよりはできるほうが良い。選べる大学が増えるし、その先の未来も選べるものが増える。

もちろん、なんにでも限界があって、届く場所は決まっているから無駄な努力になることもあるけれど。

「大学、決めた？」

四月の初めに同じような質問をしたときに「わからない」と答えた宮城は、似ているようで違う答えを口にした。

「決めてない。行くにしても、入れるところならどこでもいい」

「適当すぎる」

「興味ないもん。そんなことより宿題」

「はいはい。わかってるって」

勿体《もったい》ないな。

同じ予備校に通えば、なんて言うつもりはないし、全力で勉強をしろなんて言うつもりもないが、宮城はやる気がなさすぎる。

いつだって投げやりだ。

あの日はそんな彼女が積極的に、というか、断りもなく唇で触れてきた。

私は首筋に手をやる。

どうしてこんなところに唇をつけようと思ったのかわからない。キスマークをつけたがっていたからその延長かもしれないとも思ったけれど、それなら私の首筋には跡がつけられていたはずだ。

ただ触れることにどんな意味があるのだろう。

宮城が否定する友だちという関係に近づいていくなら、かまわない。でも、彼女の行動は友だちではないなにかへと私たちの関係を急速に変えようとしているように見える。

懐かれるのは嬉《うれ》しいけれど、あんなことが続くのは困る。

宮城との関わりが深くなりそうで怖い。

私は、それほど濃い関係は望んでいない。白すぎず、黒すぎないグレー程度の友人関係でいい。それ以上になってしまうと、来年上手《うま》くさよならができないような気がする。

そう思っているのに、私は宮城にされたことをそれほど嫌だとは思わなかった。

こういうのは良くない。

なにが良くないのか説明できないが、良くないことだけはわかる。

私は消しゴムを手に取って、宮城に向かって投げる。

緩やかなカーブを描いた消しゴムは、教科書を超え、彼女の横に転がる。

「今日、あんまり喋《しゃべ》らないよね。なんかあった？」

顔を上げた宮城に声をかけてブラウスの上から二つ目のボタンを外すと、不自然なくらいに目をそらされる。

私ばかりわけのわからない感情に囚《とら》われているのは不愉快だ。

少しは宮城も困ればいい。

「ない」

宮城が無愛想な声で言い、すぐに読んでいた本に視線を落とした。

「好きな人の話でもする？」

「しない」

知ってる。

そういう話が好きそうには見えない。

噂話《うわさばなし》にも疎《うと》いほうだと思っていたが、それは違った。私が告白されたことを知っているくらいだから、それなりのネットワークがあるらしい。

「宮城、好きな人いないの？」

「そういう話、好きじゃない」

「じゃあ、なんでこの前、そういう話振ってきたの？」

わざわざ告白を断った理由を聞くほど、話をしたがった。

それを忘れたとは言わせない。

「……」

返事をする気がないらしく、漫画のページをめくる音が聞こえてくる。

「宮城」

返事を催促するけれど、彼女はぴくりとも動かない。でも、よく見れば宮城の眉間には
皺《しわ》が寄っていた。私は首筋を軽く撫《な》でる。

こんなところにキスするからじゃん。

自業自得《じごうじとく》だ。

反省すればいい。

そう思うが、私を無視する宮城と同じ部屋にいるのもつまらない。

「そうだ。ゴールデンウィーク中、本貸してよ」

そろそろ許してあげようと、話を変える。

「やだ」

「言うと思った」

こういうところはいつもの宮城だ。

ずっとこうだといいのにと思う。

いつもと同じことが繰り返されていれば、平和な時間が長続きする。感情のジェットコースターなんて御免だ。だから、宮城の変わらない返事は心地が良かった。

◇◇◇

たいして喋らない宮城というのは珍しいものではない。もともと宮城は、私と一緒にいてもそれほど喋らなかった。それを思うと、たいして喋らない宮城は通常営業に戻った宮城と言うべきなんだろう。

あまり楽しくはないが、仕方がないことだと思う。

彼女の機嫌は、私の気分でどうこうできるものではない。

また愛想《あいそ》が悪くなった宮城をそんな風に考えて受け入れたものの、すぐにゴールデンウィークに入ってしまい、彼女とはそれきりになっていた。

そして、休みが明けて二日。

私は学校で、宮城を今日まで見ていない。

廊下ですれ違うこともなかった。

クラスが違えばこんなものだ。

別に寂しいとは思わない。話す相手には困っていないし、新しい友だちも増えた。学校生活に大きな不満はない。ほどほどに上手くやっているし、それなりに楽しい。新しいクラスでも八方美人だなんて声が聞こえてくることもあるが、そんなことは取るに足らないことだ。

「ちょっと隣、行ってくる」

休み時間に入って騒がしい教室の中、斜め前の席に座っていた羽美奈《うみな》が唐突に宣言した。

「どうしたの？」

「教科書忘れた」

羽美奈がだるそうに言って「やっぱりサボろうかな」と付け加えると、すかさず麻理子《まりこ》がそれを止めようとする。

「やめときなよ。今度サボったら反省文とか言われてたじゃん」

「んー、反省文くらい書いてもいいけど。ま、今回は隣で借りてくる」

やる気のなさそうな声を残し、羽美奈が教室を出て行く。

真面目とは言えない彼女は、授業をサボるという悪行をずっと続けている。これまでにも何度か呼び出しを食らっているが、三年生になっても懲りていない。二年生のときも同じクラスだった麻理子は、去年は羽美奈に付き合って授業をサボっていたが、進路という壁が目に見えるようになった三年生になって心を入れ替えた。

仲良しグループというのは、こういうときに面倒だ。

一人が悪ければ、その仲間も悪いことをしている。

そう見られてしまう。

だから、今年の麻理子は内申点を気にして羽美奈を止める側に回っている。

今さらそんなものを気にしてもね。

もう遅いのではないかという気がする。

まあ、なにもしないよりはマシではあるけれど。

私は、机の中から教科書とノートを引っ張り出す。授業が楽しいわけではないが、サボるつもりはない。仲間とは違うという良いイメージを保つ努力も必要だ。

「あ、ノート。葉月《はづき》、後から貸して。コピーしたい」

麻理子の言葉に頷《うなず》くと、軽い声が聞こえてくる。

「借りてきた」

羽美奈が片手に持った教科書を見せて、席に座る。

「それ」

思わず声が出る。

目に入ったものは次の授業に使う現代文の教科書で、おかしなものではなかった。

ただ、表紙に折れた跡がある。

「これ？」

羽美奈が不思議そうな顔をして、教科書を見た。

私は、手をぐっと握りしめる。

羽美奈の手にあるものが特別なものみたいに〝それ〟なんて――。

口に出すべきではなかった。でも、形にしてしまった言葉を取り消したら余計に変だし、羽美奈が面白がって食いついてきそうだ。

「瑠華《るか》のじゃないよね。誰に借りたの？」

瑠華は、羽美奈が教科書を借りるつもりだったであろう友人だ。だが、彼女が持っている教科書は瑠華のものではないし、他の友だちのものでもない。

羽美奈の手にある教科書は、宮城《みやぎ》のものだ。

表紙の折り目は私がつけたものだから、間違えるわけがない。

「なんでわかったの？」

「なんとなく」

わかった理由は伏せておく。

教科書を一目見て誰のものかわかるほど私と宮城が親しいなんて羽美奈は知らないし、知らせる必要もないことだ。

「瑠華に借りようと思ったんだけど、いなくてさ。二年のとき、同クラだった子に借りてきた。えーと、誰だっけ。黒い髪の地味な子」

ほら、あの子なんて言いながら、羽美奈が記憶を探る。

でも、きっと羽美奈は思い出さない。

だから、私がかわりに答える。

「……宮城？」

「あー、そうそう。宮城だ。葉月って、記憶力良すぎじゃない？　人の名前忘れないよね」

感心したように羽美奈が言って、教科書をじっと見た。そして、すぐに笑い出す。

「てか、宮城って地味な感じなのに、教科書豪快に折ってるじゃん。ウケる」

けらけらと羽美奈が笑い続け、それをかき消すようにチャイムが鳴る。麻理子が慌てて席に戻って、先生が教室に入ってくる。

「静かに。授業、始めるぞ」

バンと教卓を叩《たた》いて、先生が言う。

そして、ざわついた教室が静まる前に授業が始まった。お世辞にも綺麗《きれい》とは言えない字が黒板に書かれる。あまりにも板書に向いていない文字は、地面に這《は》い出してきたミミズのようで解読に苦労する。

私は、斜め前の席に視線をやる。

目に映るものの大半は羽美奈の背中で、教科書はよく見えない。

視線を黒板に戻して、文字をノートに写し取っていく。折り目のついた教科書を私のものだなんて言うつもりはないが、羽美奈が使っていると思うとノートを取る腕が酷《ひど》く重く感じる。

掠《かす》れた先生の声が不快で、苛々《いらいら》する。

パキッ。

小さな音を立てて、シャープペンシルの芯が折れる。

羽美奈は宮城の名前すら覚えていないのに。

私は、目を閉じる。

教科書が連れてくるこの気持ちは、追及してはいけないものだ。こういう不可解な気持ちは、面倒なものに繫《つな》がる。

教科書はどうでもいいもので、気にするようなものではない。

私は目を開けて、黒板を見る。

先生の声を聞いて、ノートを取って。

頭に余計なものが詰まったままそんなことを繰り返していると、授業が終わっていた。

時間はどんどん過ぎていく。

気がつけば、午後の授業の終わりが近かった。

こういう日に限って、宮城は連絡してこない。

今日みたいな日は連絡してきなよ。

心の中で文句を言う。

今日、家に行くから。

そういう連絡を私からしたことはないけれど、こちらから連絡してはいけないという決まりはない。宮城から連絡してくることが当たり前になりすぎているだけで、私から連絡したっていいはずだ。

授業の終わりを告げるチャイムが鳴り、スマホを手に取る。

私は、小さな画面をじっと睨《にら》む。

「連絡待ち？　彼氏とか？」

羽美奈の声が聞こえて、顔を上げる。

「彼氏作ってる時間ないし」

「すぐそういうこと言う。いい人紹介するから彼氏作りなって」

「今はいいかな。受験終わったらで」

「真面目すぎ。今日、塾だっけ？」

何度訂正しても予備校を塾と言う羽美奈に尋ねられて、「ないよ」と告げる。

「じゃあさ」

あそこに行きたい、あっちにも行きたい。

羽美奈が希望を述べて、後からやってきた麻理子が同意する。私はスマホを鞄《かばん》にしまう。

やっぱり宮城のほうから連絡してくるべきだ。

私から連絡するのは違う。

ホームルームが終わる頃には行き先が決まって、私たちは教室を後にした。

◇◇◇

連休が終われば、すぐに連絡がくる。

そう思っていた。でも、宮城はなかなか連絡をしてこなくて、スマホが鳴ったのは羽美奈が教科書を借りてきた日から数えて三日経《た》ってからだった。

別に、少しも、気にしていない。

宮城がお金を払うのだから、宮城が好きなタイミングで連絡してくればいい。

私はコンビニに寄って、ポテトチップスとチョコレートを買っていく。宮城の家でお菓子が出てくることはほとんどない。どうせ今日もたいして喋《しゃべ》らないだろうし、食べるものがあったほうが気持ちよく時間を潰すことができそうな気がする。

お菓子が入った白い袋を持って、宮城の家へ向かう。

空を見上げれば、雲が一つもなくて無駄に天気がいい。青いペンキをべたりと塗ったみたいに、余計なものが一つもなかった。でも、太陽が影を作るように心のどこかが暗いままで、浮かない気分のまま歩き続ける。居心地が良いはずの宮城の家へ向かう道が恨めしく感じられて、足が重かった。

なんで私がこんな気持ちにならなきゃいけないんだ。

お菓子が入ったコンビニの袋をぶんっと振る。

頭の中に居座ろうとする宮城を追い出して、駆けだす。

大体、五分。

息が切れない程度に走ると、予想通りの時間にマンションへ着く。エントランスのインターホンで宮城を呼び出して、中に入れてもらう。エレベーターで六階まで上がり、玄関の前でもう一度インターホンを押すとドアが開いた。

「はい」

靴を脱ぐと、必要最低限の言葉とともに五千円が手渡される。久しぶりに会ったにもかかわらず、宮城は素っ気ない。

「ありがと」

私は事務的に渡された紙切れ一枚を財布にしまってから、彼女の部屋に入る。コンビニの袋を置くと、宮城が部屋から出て行く。本棚の前に立って、並んだ漫画の背表紙に目をやると本がかなり増えていた。

私は見たことのない漫画を一冊手に取って、ベッドの上に座る。ゆっくりとページをめくっていると、麦茶とサイダーを持った宮城が戻ってくる。

「新しい本、買ったの？」

「休み中、暇だったから」

宮城が、買った、とは言わずに買った理由を述べて黙り込む。

連休前と部屋の中はそう変わっていない。

宮城の態度も愛想《あいそ》が悪くなったまま変わっていなかった。

私は漫画を閉じて、コンビニの袋を指さす。

「それ、買ってきた。開けていいよ」

「自分で開けたら」

宮城が〝それ〟を見もせずに言って、本棚に向かう。

反抗的というか、なにか言うと不満そうな言葉を返してくるところも変わらない。普段ならあまり気にならないが、今日はそういう宮城に苛々する。

「志緒理《しおり》」

宮城の下の名前を口にする。

「……え？」

間を置いてから振り返った宮城は、露骨に嫌そうな顔をしていて、私はもう一度彼女の名前を口にした。

「志緒理って呼んでもいい？」

私が知っている限り、彼女の友だちはみんな下の名前で呼んでいる。だったら、私が呼んだっていいはずだ。

私たちは友だちではないけれど、友だちがしないようなことをしている。誰にも言えない秘密を共有しているのだから、もう少し親密な呼び方をしてもいい。だが、宮城《みやぎ》はそうは思わないようだった。

「だめ」

冷たい声で言って、本を片手に向かい側に座る。

「ケチ」

私はベッドから下りて、床に腰を下ろす。

コンビニの袋からポテトチップスとチョコレートを取り出して、ポテトチップスのほうを開ける。そして、可哀想《かわいそう》なくらい薄くなったじゃがいもを口へ運んだ。

一枚、二枚、三枚。

ポテトチップスを咀嚼《そしゃく》して、胃の中に落としていく。

宮城は私のことを友だちではないと言うくせに、友だちみたいに私のことを知りたがった。

告白してきた男子のことを聞きたがって、不機嫌になって。

あんなの、嫉妬しているようにしかみえない。

そのくせ、志緒理と呼ぶことを許さない。

理不尽だ。

私は宮城を見る。彼女は漫画を読んでいて、視線を上げようとしない。ポテトチップスを食べてもいなかった。

「ねえ、宮城。食べさせてあげようか？」

私は袋の中からポテトチップスを取り出す。

「いい。いらない」

「遠慮しなくていいって」

ぺらりとしたじゃがいもを宮城の口元に運ぶ。でも、彼女は私の手からポテトチップスを食べずに、袋の中から新しい一枚を取り出した。

「自分で食べる」

そう言うと大きな口を開け、一口でポテトチップスを食べきる。

「これは？」

行き場を失ったじゃがいもを見せる。

「いらない」

宮城がはっきりと言って、袋の中からもう一枚ポテトチップスを取り出して口に運ぶ。

私は行き場を失ったじゃがいもを自分の胃に収めてから、宮城の手を摑《つか》んだ。

「なに？」

怪訝《けげん》そうな声が聞こえてくるが、無視する。

私は、命令されて何度か舐《な》めた彼女の指を自分から咥《くわ》える。

指に強く舌を押しつけると、塩の味が口に広がっていく。

「仙台《せんだい》さん、やめてよ」

宮城の手が私の前髪を引っ張るけれど、彼女の言葉に従うつもりはない。ゆるゆると指に舌を這《は》わせ、軽く噛《か》む。骨が歯に当たってもう少し力を加えると、指が無理矢理引き抜かれた。

「嫌だってばっ」

乱暴に言葉を投げつけて、宮城が眉間に皺《しわ》を寄せる。

あからさまに不満そうな顔をする彼女に、心音が速くなる。

『そういう顔してて』

いつだったか、不機嫌になった私に宮城がそう言ったことがある。

宮城は、私が嫌がると楽しそうな顔をする。

そういう彼女を理解できずにいたが、今ならわかる。私に感情をぶつけてくる宮城を見ていると、ぞくぞくする。

「宮城、塩味だね」

にこりと笑ってそう言うと、宮城が顔を顰《しか》めた。

「それ、ポテトチップスの味じゃん」

「そうとも言う」

「今日、なんなの。変なことしないでよ」

「これ以上変なことされたくないなら、なにか命令しなよ」

宮城といると、知らない自分がどこかから現れる。少し前の私なら、命令をされてもいないのに宮城の指を舐めたりしなかった。深く関わるつもりはなかったのに、上手《うま》くいかない。

「まだ考えてない」

ぼそりと宮城が言う。

「宿題やろうか？」

「仙台さん、うるさい。自分で考えるから黙ってて」

今日は宿題をしろと命じる気分ではないらしい。

宮城が漫画をテーブルの上に置いて、ゆっくりとサイダーを飲む。

命令するのは好きだけれど、されるのは好きではない。

そんなことが見て取れる顔をしながら宮城が鞄《かばん》の中を漁《あさ》り始める。私は手持ち無沙汰になって、ポテトチップスの袋に手を伸ばす。けれど、すぐに引っ込めて自分の指先を舐めると、宮城と同じ味がした。

「仙台さん」

探していたものが見つかったのか、いつもと変わらない声が聞こえてくる。

「命令。これ、隠して」

「消しゴム？」

私は、テーブルの上に置かれたものを見る。

「そう」

「隠すのって、どこでもいいの？」

「どこでも良くない。仙台さんの制服に隠して。後から、私が探すから」

「……宮城って、変なことばっかり考えるよね」

部屋のどこかに消しゴムを隠すゲームなら楽しかったかもしれないが、制服のどこかに隠すゲームだと言われると、ゲームの意味合いが変わってくる。

「変なことじゃない」

「絶対、変なことしようと思ってるでしょ」

「変なことって、仙台さんはどんなことされると思ってるの？」

「宮城が変なところを触る」

「そういうこと考えるほうが変だから。仙台さんのヘンタイ」

「ヘンタイは宮城のほうでしょ」

「別に私がヘンタイでもいいけど、早く隠して」

五千円を受け取ってしまっているし、拒否権はない。

触られるとしても服の上からだろうし、大したことではないはずだ。

私は、テーブルの上から消しゴムを取って立ち上がる。

「じゃあ、後ろ向いてて」

そう言うと、宮城が素直に後ろを向いた。

ブレザーにスカート。

そして、ブラウス。

自分の制服をじっと見る。

制服に消しゴムを隠して、という命令だが、何度見ても消しゴムを隠せる場所なんてポケットくらいしかない。靴下の中に隠そうと思えば隠せないこともないけれど、きっとすぐにバレるだろう。ネクタイは無理だし、襟の裏にくっつけるにはテープがない。たとえ、あったとしても目立ちすぎる。

隠し場所が限られている。

そんなことは宮城だってわかっているから、このゲームは私が負けることが決まっている。消しゴムを探すふりをしながら体を触って私の嫌がる顔を見たいとか、反応をみたいとか、そういうことが目的なんだろうと思う。

そもそもゲームとは言われていないし、負けたら罰ゲームがあるとも言われていないけれど。

適当に隠して、宮城をあしらえばいい。

私は、使いかけの消しゴムをブレザーの右ポケットに入れる。どのポケットに隠してもすぐにバレるのだから、取り出しやすい場所に隠しておくほうがいいはずだ。

「隠したから、こっち向いていいよ」

宮城を呼ぶと、静かにこちらを向いて私をじっと見た。

ポケットが少し膨らんでいるから、消しゴムの隠し場所がわからないなんてことはない。

実際、宮城の視線は右ポケットの辺りで一瞬止まった。でも、見つけたとは言わない。黙って近寄ってくると、テレビで見るなにかの検査員がするようにブレザーの上からボディーチェックを始めた。

だよね。

こういうことだと思った。

宮城が機械的に私の肩や背中を触ってくる。不愉快とまではいかないが、べたべたと体を触られて面白いと言えるほど心は広くはない。でも、ブレザーの上からだからそれほど気にはならない。

宮城の手が不自然にポケットを避けて、スカートに触れる。

腰骨の辺りを撫《な》でて、太ももを叩《たた》くようにして消しゴムを探す。

でも、あるわけがないから最終的にスカートのポケットに手が辿《たど》り着《つ》く。柔らかくポケットの上を撫でてから、宮城が背後に回る。なにをするのかと振り向こうとしたけれど、それよりも先に宮城の手がポケットの中に入り込んでくる。

前からだと手を入れにくいからか。

なるほどね、と納得したところで、手がさわさわと動いて思わず宮城の腕を摑んだ。

「手、動かさないでよ」

ポケットを構成する布は、スカートの生地に比べたら薄い。消しゴムがないとわかっているのに丁寧に確認してくる手は、直接足に触れているみたいで気持ちが悪かった。

「動かさないと、消しゴムがあるかわかんないじゃん」

「普通、入れた瞬間にわかるでしょ」

「わかんない」

聞きわけのない宮城《みやぎ》が手を動かそうとしてきて、私はポケットからその手を無理矢理引っ張り出す。

こうなることはわかっていた。

たぶん、仕返しだ。

志緒理《しおり》と呼んだり、指を舐めたりとからかうようなことをしたから仕返しをされている。

これからなにをされるのかわからないが、私にとって楽しいことではないことは確かだ。

「もうやめない？」

「やめない」

宮城はそう言うと、私の前に立ってブレザーのボタンを外した。

やめないことは想定内だし、ブレザーのボタンを外されることも想定内だ。それでも反射的に体が硬くなる。宮城がブレザーの前を大きく開いて、消しゴムがないとわかっているはずのブラウスを見る。視線が上から下へと動く。右手が伸びてきて、脇腹を触られる。ぺたぺたと探るように手が動き、私は宮城の腕を押した。

くすぐったい。

ブレザーの上からなら耐えられるが、ブラウスは布が薄すぎる。手が動くたびにぞわぞわとして、あまり触られたくない。制服が私と宮城を隔てているはずなのに、直接体を触れられているような気持ちになる。

これはただのゲームだ。

気にするようなものではない。

自分に言い聞かせるけれど、ブラウスは頼りなさ過ぎる。薄い布は宮城の体温を私に伝え、してはいけないことをしていると脳が誤解しそうになる。

そろそろやめるべきだと思うけれど、宮城は手を止めるどころか強く押しつけてくる。パンをちぎるみたいに脇腹をつままれて、体がびくりと動く。気がつけば、彼女の左手が腰骨の少し上辺りを撫でていた。

「脇腹、弱いんだ?」

明らかに面白がっている口調で宮城が言う。

「弱いっていうか、くすぐったい」

「それ、弱いってことじゃん」

宮城の指先が脇腹をゆっくりと撫で上《あ》げる。

ブラウスが擦れて、ぞくりとする。

指先は背中へと向かって、文字を書くように爪がブラウスの上を動いた。

私は宮城の腕を摑《つか》む。

触り方がさっきと違う。

表情はいつもと変わらないが、いやらしいというか、友だちの触り方ではない。羽美奈《うみな》たちがじゃれついて触ってくるのとは違う感覚がある。

さっきまでの感情のない触り方ならいい。

ただのゲームだと思い込むことができる。

でも、これはマズい。

「くすぐったいからやめて」

このまま続けられると、あまり良くない感情が私の中に生まれそうで、腕を摑んだ手に力を込める。

「じゃあ、他のところ探すから手をはなして」

「はなしてもいいけど、同じことしたらひっぱたく」

「暴力はルール違反じゃなかったっけ？」

静かな声が聞こえてくるが、そんなことは言われなくてもわかっているし、他人をひっぱたくようなことはしたくない。

「絶対に他のところ探してよ」

念を押してから手を離すと、宮城は同じことはしなかった。かわりに自由になった手がブラウスの胸ポケットに入り込んできて、私はスカートのポケットの中でされたことを思い出す。

「そこにないってわかってやってるよね？」

宮城の足を蹴って、抗議する。

ブラウスなんて頼りない布の上から、触られたくはない。

「仙台《せんだい》さん、ルール違反。あと、確かめないと、本当に隠してないかわかんないじゃん」

「むかつく」

宮城の声が楽しそうで本当に腹立たしい。

「大丈夫。ないことはわかったから、別のところ探す」

なにが大丈夫なのかわからないが、胸ポケットから手が出ていく。

「もう終わりにしなよ。答え、バレバレじゃん」

こんなゲームはもうやめだ。

わかっていたけれど、続けていてもいいことはない。

「もう少し付き合ってよ」

「まだなにかあるの？」

「ネクタイ外す」

「は？」

無意識のうちに口にした言葉は流され、宮城によってネクタイがほどかれる。そして、彼女の手が躊躇《ためら》うことなく首筋に触れた。手のひらが隙間なくぴたりと肌にくっつく。

布越しとは明らかに違うはっきりとした感覚。

宮城の手がやけに熱い。

もしかしたら私自身が熱を持っているのかもしれないが、よくわからない。さらに手が押しつけられ、自分と宮城の境目が曖昧になっていくような気がするけれど、それはそこが彼女の唇が触れた場所だったからかもしれない。

「志緒理」

駄目だと言われた呼び方で宮城を呼んで、彼女の手に自分の手を重ねる。

「その呼び方、やめて」

宮城が首筋と癒着しかけた自分の手を私の手ごとべりべりと剝がし、眉間に皺《しわ》を寄せて怒ったように私を睨《にら》んだ。

苦々しい顔をした彼女に、重くなりかけていた私の気持ちが軽くなる。

宮城も少しは困ればいい。私ばかりが困るのは不公平だ。

「もう一回呼んであげようか？」

柔らかく問いかけると、宮城の眉間の皺が深くなる。何故《なぜ》かはわからないが、彼女にとって私に名前を呼ばれることは不愉快なことらしい。

「黙ってて」

宮城が不機嫌そうに言って、ブラウスのボタンに手をかける。

「なにするつもり？」

返事はない。

宮城が黙ってブラウスのボタンを外す。

上から二つは、初めから外してある。だから、外されたボタンは三つ目で、私は四つ目を外そうとしている宮城の肩を押した。

「ちょっとっ」

「なに？」

「手、どけて。脱がすつもり？　そういうことする必要ないでしょ」

私は宮城の手を剥ぎ取って、外されたボタンを留める。

きっと、本気で脱がすつもりはなかった。ゲームは途中から我慢比べになっていて、どちらが先に根を上げるかを競っていただけだったと思う。越えてはならない一線は、お互い理解しているはずだ。

「この中に隠してるかなって思っただけ」

「隠してるわけないし、こういうのルール違反だから」

「セックスはダメってルールだけど、服を脱がしちゃダメなんて言ってないよね？」

「じゃあ、今すぐルールに加えて」

「冗談なのに。脱がしたりするわけないじゃん」

知ってる。

冗談だってわかってる。

こんなのは言葉遊びの延長で、私がやめてと頼むのを待っていただけだって。

それでも、こういう冗談はたちが悪いと思う。

「隠してあるところ、わかってるでしょ」

むぎゅっと宮城の足を踏むと、ブレザーの右ポケットを触られる。

「ここ？」

「正解。ゲームはこれで終わり」

もう一回やると言い出される前にゲームセットを告げて、ネクタイを締め直す。私は「宮城のすけべ」と文句を一つ投げてから、ベッドに腰掛ける。

「で、命令はこれで終わり？」

問いかけると、宮城がつまらなそうに「終わり」と言って、サイダーを飲んだ。空になったグラスをテーブルに置き、ベッドを背もたれにして宮城が床に座る。

顔は見えない。

なにを考えているのかもわからない。

彼女はおかしなことしかしない。

気まぐれに近づいてきたと思ったら、飽きたおもちゃのように私を放り出す。

宮城の制服が足に触れる。

私はブレザーがくすぐったくて、彼女の肩を叩《たた》いた。

第9話　仙台さんが気づいていたってかまわない

冷蔵庫を開けてもなにもないことは知っていた。

私はキッチンでため息をつく。

仙台さんが材料を買って来なければ、唐揚げを作ることもできない。

——まあ、材料があったとしても私には作れないけれど。

「なに食べようかな」

選べるほどのなにかがあるかのように呟《つぶや》いてみたものの、この家にあって簡単に食べられるものと言えば一つしかない。私は冷蔵庫を閉めて、キッチンの棚の中からカップラーメンを二つ取り出し、片方の包装フィルムを剝がして蓋を開ける。もう一つの包装フィルムも剝がそうとして、それが必要のないことだと気がつく。

「ああ、もうっ」

思いつきで始めた消しゴム探しの後、なんとなく気まずくなって仙台さんを家へ帰した。

それでも二人分用意しようとしてしまうのは、彼女が来た日は一緒に夕飯を食べることが習慣のようになっていたからだ。いつの間にかついた癖のようなもので、体が勝手に動いてしまう。

私は余計な一つを棚に戻してから、カウンターテーブルの上にカップラーメンを置いてポットのお湯を注ぐ。そして、キッチンタイマーをセットして三分待つ。

無駄に広いキッチンとリビングは、なにかがどこかに潜んでいそうで一人でいると落ち着かない。自分の家にいるのに、自分の部屋以外は他人の家のように感じる。

私は振り返って、誰も見ないテレビと誰も使わないテーブルを見る。

ここでお父さんと一緒にご飯食べたのって、いつだっけ。

思い出そうとしてみるけれど、思い出せない。探すことができない記憶に、はあ、とため息を一つつくと、キッチンタイマーが甲高い音を鳴らしてびくりと体が震えた。

「びっくりした」

心臓に悪い。

仙台さんがすることと同じくらい心臓に悪い。

今日、彼女に「志緒理《しおり》」と呼ばれて心臓が止まりそうになった。私のことを志緒理と呼ぶのは舞香《まいか》と亜美《あみ》だけで、仙台さんには今まで一度だってそう呼ばれたことがない。だから、予想もしていなかった呼び方に呼吸が乱れた。

名前を呼ばれてすぐに振り向けなかったのは、仕方がないことだと思う。

私はカップラーメンの蓋を剝がして、麺を口へ運ぶ。

「あんまり美味《おい》しくないな」

カップラーメンなんてそれほど美味しいものじゃないけれど、誰かと一緒に食べたほうが美味しい。

たとえ仙台さんでも、いたほうがいい。

でも、仙台さんがいつもとは違うことをするから一人で食べることになった。

「なんなの、今日」

仙台さんはもともと馴《な》れ馴れしかったけれど、前以上に馴れ馴れしくなった。距離感がおかしいし、命令もしていないのに指を舐《な》めたり、急に志緒理と呼んだりする。もっと近づいてもいいよというみたいに私に触れてくるから、私も彼女に触ってみたくなった。

その結果が消しゴム探しだ。

仙台さんはおかしい。

どうかしている。

彼女がまともなら、一人で夕飯を食べるようなことにはならなかった。

なにがあって、こういうことになったんだろう。

心当たりなんか――。

私は麦茶を取ってきて、テーブルの上にグラスを置く。

自分の首を指先でなぞると、やけに手が冷たく感じた。

たぶん、仙台《せんだい》さんは私がしたことに気がついている。

仙台さんが教科書の表紙に折り目を付けた日、私は彼女の首筋に触れた。彼女が意地悪なことをしてくるようになったのは、あれからだ。それなりに従順だったのに、最近の仙台さんは反抗的で、いらないことばかりしてくる。私は名前を呼ばれたくないし、命令をしてもいないことをされたいわけでもない。

ここにはルールがある。

それを守れば、仙台さんはどんな命令もきいてくれる。

私はルールの範囲内でどんな命令をしたっていい。彼女に触りたければ触っていいし、反抗的な態度を改めさせることだってできる。その気になれば忘れてほしいことを「忘れて」と命じることだってできるのだから、仙台さんが私のしたことに気づいていたってかまわない。なんの問題もない。

それなのに、今日はイケナイことをしたみたいに気まずくなった。

私は伸びかけたラーメンを食べて、麦茶を飲む。

やっぱり美味しくないと思う。

味わって食べるほどのものじゃないから、残りの麺を胃の中に押し込んで立ち上がる。出たゴミを片付け、電気を消す。

真っ暗になったリビングは、自分の輪郭さえはっきりしない。

仙台さんの舌が触れた指を消えた照明にかざす。

なにも見えなくて、指先を確かめるように唇で触れる。

当たり前だけれどなんの味もしなくて、私は自分の部屋へ戻った。

「あ、消しゴム」

開きっぱなしの鞄《かばん》を見て思い出す。仙台さんから消しゴムを返してもらっていない。

「ちゃんと返してよ」

宿題できないじゃん。

やる気があるわけではないけれど、やろうと思っていた。それが仙台さんのせいでできない。こんなことなら、宿題をやってもらえば良かったと思う。でも、仙台さんは家に帰ってしまったし、文句を言っても消しゴムが返ってくるわけじゃない。宿題が魔法のように終わることもない。

舞香に見せてもらえばいいか。

宿題は明日の舞香に託すことにして、早めに眠る。

結局、私は翌朝、コンビニで消しゴムを買ってから学校へ行った。

仙台さんは隣のクラスだけれど、消しゴムを返しに来たりはしない。すれ違っても、消しゴムのことを口にすらしなかった。学校では話しかけない約束だから、そういうものだ。少しも不満になんて思っていない。消しゴムの行方は、次に呼んだときに聞けばいい。新しい消しゴムがあるから困らないし、消しゴムなんて安いものだからなくしたというならそれでもいいと思う。

ただ、それから仙台さんを呼びたくなるほど嫌なことは起こらなかった。少しくらいの嫌なことなら我慢しようと思っていたし、なんだか彼女を呼び出しにくくもあった。でも、最後に呼んだ日から一週間を超えると、彼女を呼ばないわけにはいかなくなった。

だって、急に仙台さんを呼ばなくなるのはおかしい。

私は、初めて用もないのに仙台さんにメッセージを送る。

『今日、うちに来て』

予備校があるという返事がすぐに来て、彼女は翌日になって私の部屋にやってきた。

◇◇◇

久しぶりというほどじゃない。

それでも制服が合服にかわっているから、仙台さんがいつもとは違う感じがする。そのせいか、自分の部屋にいるのに少し落ち着かない。

「宮城《みやぎ》、なんかあったの？」

仙台さんがブラウスのボタンを外しながら言う。

「なんで？」

「んー、なかなか呼ばれなかったから」

「忙しかっただけ」

「へえ」

仙台さんは、忙しかった理由を聞かなかった。

もちろん、聞かれたところで私も言うつもりはなかった。本当は忙しくなんてなかったのだから、聞かれても具体的な内容なんて答えようがない。

私は麦茶とサイダーを持ってきてから、仙台さんに五千円を渡す。

「ありがと」

そう言って、彼女はお金を受け取るとベッドに腰掛けた。

私は、いつもと同じように五千円を受け取った彼女にほっとする。制服がブレザーからニットのベストになったこと以外、仙台さんは変わらない。相変わらず、ブラウスのボタンを二つ外してネクタイを緩めている。

「それ、脱がないの？」

テーブルを挟んで仙台さんの向かい側に座り、ベストを指さして尋ねる。すると、からかうような声が聞こえてきた。

「宮城はすぐ人を脱がせようとする」

「そういう意味じゃないから。仙台さん、ブレザー脱いでること多いじゃん」

「わかってるって。で、今日はなにするの？」

「仙台さん、気が早い」

今日は呼びたくなるほど嫌なことがなかったのに仙台さんを呼んだ。だから、命令したいことがすぐには思い浮かばない。

「とりあえず宿題するから」

勉強をしたいわけではないけれど、仙台さんを黙らせる方法が他にない。彼女に宿題をさせてもいいが、それでは私のすることがなくなってしまう。

今日はなにかしていないと、いらないことをしてしまいそうで怖い。

「じゃあ、貸して」

仙台さんが立ち上がり、私の隣に座る。

「自分でするから、仙台さんは好きにしてていいよ」

私は仙台さんの向かい側に座り直して、数学の教科書とノートをテーブルの上に出す。

「宮城が自分でするの？」

仙台さんが大げさに驚く。

「そうだけど」

「今日は宿題しろって命令しないんだ？」

「しない」

「宮城が急に真面目になった」

「前から真面目だし」

「じゃあ、私も宿題しようかな」

仙台さんがやる気のなさそうな声で言って、鞄から英語の教科書とノートを引っ張り出す。そして、プリントを何枚かテーブルの上へ置いた。

すぐに紙の上をペンが走る音が聞こえてくる。

私は数学の教科書に視線を落とす。数字にアルファベット、おまけに記号が並んでいる教科書を見ていると目眩《めまい》がしてくる。数式に美しさを感じる人もいるようだけれど、私には解けない暗号が書かれているようにしか見えない。それでも問題を解かなければ宿題が終わらないから、頭の中から公式を探す。でも、習ったはずの公式はなかなか見つからない。

仙台さんをちらりと見る。

彼女は、綺麗《きれい》な字でアルファベットを書き連ねていた。

紙の上をペンが走る音は淀《よど》みがなくて、仙台さんには解けない問題なんてないみたいで羨ましくなる。

私は中断していた数式との格闘を再開する。

手を止めながら、のろのろと問題を解いていく。宿題は思ったほど進まない。静かな部屋の中、時間だけが過ぎていく。数字を追う目がちかちかとして小さく息を吐き出すと、向かい側からペンが転がってくる。顔を上げると、仙台さんが私を見ていた。

「終わった？」

「終わらない」

素っ気なく答えてペンを返す。教科書に視線を落とすと、つむじをつつかれた。

「痛い。仙台さん、邪魔しないでよ」

「教えてあげようか？」

自分で考えるからいい。

そう断る前に、仙台さんが隣にやってくる。

「教えてくれなくていいから」

「暇なんだけど」

そう言いながら私のノートを覗《のぞ》き込んでくるから、肩を押して距離を取る。

「いつもみたいに漫画でも読んでればいいじゃん」

「ほとんど読んだし」

「新しいの買ったから、それ読んだら」

一週間の間に漫画を二冊買った。暇を潰すならその二冊があれば十分だと思うけれど、仙台さんは漫画ではなく、私のノートを奪って真ん中辺りを指さした。

「ここ、間違ってるよ」

「え？」

「これ、計算ミスってる。あとここ」

仙台《せんだい》さんが自分のペンを取る。そして、頼んでいないのに、間違っているらしい部分をいくつか訂正しながら解説を始める。

彼女の説明はわかりやすい。

私にもわかるようにきちんと教えてくれている。

ただ、距離がおかしい。

「ちょっと仙台さん、近い」

少し距離を空けたはずなのに、制服が触れ合うくらい近くに仙台さんがいる。

「そう？」

「最近、馴《な》れ馴れしい。鬱陶しいからちょっと離れて」

私は仙台さんの腕を押して、彼女をテーブルの端に追いやる。

「鬱陶しいとか酷《ひど》くない？」

「酷くない。それにくっついてると暑いし」

まだ五月が半分と少ししか終わっていないのに、夏のように暑い日が続いている。相手が仙台さんじゃなくても、人とくっつきたくなるような気温じゃない。

「私に近寄られたくない理由って、それだけ？」

「それだけ。あとは自分でやるから、仙台さんは向こう行って」

　私は本棚を指さす。

　買った漫画のタイトルもついでに教えて、いつの間にか仙台さんのほうに寄っていた教科書とノートを取り戻す。でも、どれだけ待っても彼女は本を取りに行かなかった。それどころか、離した距離を詰めてきて、教科書とノートを自分のほうへ引き寄せた。

「暑いって言ってるじゃん」

「私は暑くないけど」

「嘘《うそ》ばっかり。仙台さん、暑がりでしょ」

　冬の間、ファンヒーターの温度を高めに設定していたせいか、仙台さんはいつもブレザーを脱いでいた。

　私の丁度いいと彼女の丁度いいは違う。

　寒がりな私が暑いと感じるくらいの部屋で、仙台さんが暑くないわけがない。

「こうすれば涼しいでしょ」

　テーブルの端からエアコンのリモコンを取って、仙台さんが電源を入れる。

「勝手につけないでよ」

　私はリモコンを奪って電源を切る。

　なんなんだ、一体。

仙台さんがこの前以上に絡《から》んでくる。

「ねえ、宮城」

相手にしていられない。

私は彼女を無視して、教科書を見る。ペンを取ってやりかけの問題を解こうとするが、仙台さんが宿題を続けたいという私の意思を無視する。

「ここ」

彼女の指先が私の首筋を撫《な》でる。思わず顔を上げると、ぺたりと手が首に張り付いた。

「私が触ってる理由、わかるよね？」

仙台さんが静かに言って、言葉を続ける。

「私が寝てるとき、なんでここにキスしたの？」

彼女の手がもう一度私の首筋を撫でる。

「気がついてたなら、その場で聞けば良かったじゃん。なんで今聞くの？」

「質問に答えてから、質問しなよ」

怒ってはいない。でも、優しい口調でもない。

仙台さんには聞く権利があると思う。

そして、自分のしたことを考えたら私は質問に答えるべきだけれど、「なんで？」と聞

かれても答えようがない。どうしてあんなことをしたのかなんて、私のほうが知りたいくらいだ。

「宮城《みやぎ》、答えて」

静かに催促されて、首に張り付いている彼女の手を剝がす。

「口が触れただけで、キスしたわけじゃない」

「普通にしてたら、こんなところに口が触れたりしないと思うんだけど」

「答え、わかってるじゃん。普通にしてなかったからだよ」

仙台さんは正しい。

普通にしていたら、寝ている彼女の首筋に唇が触れるわけがない。

私はわざわざそこに触れた。

そういう記憶がきちんとある。でも、自分の行動を説明することはできない。なにか理由があってしたことではないし、理由があったのだとしても自分では意識していないところにあった。

私は、仙台さんの視線から逃れるように教科書を閉じる。

今、「これ以上聞かないで」と命令したら、この気まずい時間を強制的に終わらせることができるが、そんなことをすれば、彼女は事あるごとにこの話をしてくるに違いない。

それは面倒だと思う。

「別にそれ以上のことはしてないんだし、いいでしょ。納得した？」

先生に言い訳をするみたいに仙台さんを見ないまま付け加えると、ブラウスの袖を引っ張られる。見たくもないのに仙台さんを見ることになって目をそらそうとしたら、彼女はやけに真面目な顔をして言った。

「今は？　触れたい？」

どうしてそんなことを聞こうと思ったのか理解ができない。

そして、さっきの私の答えに納得したのかどうかもわからない。

相変わらず距離感がおかしい彼女は私の近くにいて、ブラウスの袖を握り続けている。

もう少し離れたいけれど、答えなければブラウスが離されないような空気が漂っている。

「それ、答えろって命令？」

「命令するのは宮城でしょ。これはただ質問してるだけ」

「触れたいって言ったら、触れさせてくれるの？」

「どこに触れたいの？」

「質問に答えてから質問しろって言ったの、誰だっけ？」

「宮城の答えによるから」

静かな声が耳に響く。

場所によっては触れさせてくれる。

彼女の言葉は、そういう意味なのだと思う。

でも、なんで？

いつもの仙台さんなら言いそうにないことばかり言うから、考えがまとまらない。

どこだって言ったら。

もしかしたら、からかわれているだけかもしれない。

そもそも今、私は仙台さんに触れたいのか。

頭の中に色々なことが浮かんではサイダーの泡のように消えていく。一緒に記憶の断片も弾《はじ》けて、ベッドで眠っていた仙台さんを思い出す。

私はあの日、仙台さんの唇にも触れた。

首筋に触れる前、指先で辿《たど》った唇はマシュマロみたいに柔らかかった。

触れられるものなら、そこに触れたいと思う。

私は仙台さんに手を伸ばす。質問に答えたわけではないけれど、意図が伝わったのか彼女は逃げなかった。摑《つか》まれていたブラウスの袖が解放されて、指先がなんの障害もなく唇に触れる。

やっぱり、柔らかい。

軽く押すと仙台さんに指を舐《な》められて、私は慌てて手を引っ込めた。

「命令しなよ」

仙台さんが少し低い声で言う。

けれど、いつ、どんなことを命令するのかは私が決めることだ。

仙台さんが決めることじゃない。

「宮城」

命令することを促すように、強く名前が呼ばれる。

言われてなにかを命じるのは腹立たしいし、仙台さんに命令しろと命令されるなんておかしい。そう思うけれど、言わずにはいられなかった。

「……目、閉じて」

「わかった」

仙台さんは間違っている。

命令の意味がわかっているなら、文句を言うところだ。でも、彼女は目を閉じた。この後に起こることがわからないわけがないのに、命令に従った。

私は、彼女の頬に指先で触れる。

鼻があって、目があって、口がある。

ただそれらの配置が人よりも少し良い仙台さんは、モデルやアイドルほどではないけれど整った顔をしている。美人だと言い換えたっていい。

本屋で五千円を渡すまでは、接点がなかった。

本当なら、仙台さんが私の家に来ることなんてないし、命令をきいたりだってしない。今みたいに別のクラスになったら、私なんて忘れ去られて記憶にすら残らないだろう。

だから、こんなことはあってはならないことで。

仙台さんがどうして目を閉じたのか理解できなかった。

近づいたら目を開けて、本気にしたのかと私を笑うかもしれない。そんなことをする人じゃないとは思っているけれど、ありえないシチュエーションに頭がついていかない。そのくせ、体は仙台さんに近づいていく。

気がつけば、唇と唇の距離は五センチもなかった。

心臓が痛い。

上手《うま》く息を吸って吐くことができない。

呼吸の仕方を忘れてしまったんだと思う。

頬に置いた手の親指で唇の端に触れる。

仙台《せんだい》さんは動かない。

もう少しだけ近づいて、私も目を閉じて。

簡単なことだ。

彼女は命令に逆らわない。五センチに満たない距離なんてあっという間に縮められるし、目は閉じられないなら閉じなくたっていい。

顔を少し傾けて。

――本当に触れていいのか、自信がなくなる。

キスをしたら仙台さんがこの部屋に来なくなってしまうかもなんてことが頭に浮かんで、彼女の肩を押した。

「ごめん。今日はもう帰って」

「え？」

仙台さんが目を開ける。

「宮城？」

私は驚いたような声を出した彼女の手を引っ張って立たせ、荷物をまとめて鞄《かばん》を持たせる。部屋のドアを開けて、背中を押す。

今、なにをすることが正解なのかわからないし、考えられない。帰ってもらうよりもっと良い方法がありそうだけれど、今はその方法を見つける余裕がない。それに、仙台さんに顔を見せたくなかった。

振り向かないで、帰ってほしい。

「ちょっと」

黙って帰るつもりがないらしい仙台さんが回れ右をしようとしたが、強引に部屋から玄関へ連れて行く。

「ごめん。また連絡するから」

なんで、とか、話がある、とか。

仙台さんが言っているけれど、頭に入ってこない。とにかく靴を履かせて、玄関から追い出す。

「宮城。開けなよっ」

ドアを叩《たた》く音が聞こえてくる。

開けるつもりはない。

開けたら、絶対に怒られる。いつもなら一階まで送っていくけれど、今日は無理だ。

「宮城ってばっ」

ドアの向こうでは、仙台さんが私を呼んでいる。

どうしてキスしようとしたのか。
どうしてキスしなかったのか。
もうよくわからなくなって、ドアに寄りかかる。
背中にドンドンと重たい音が響く。
そういえば、消しゴムのことを聞き忘れた。
私は、今さらそんなことを思い出した。

第10話　宮城《みやぎ》は間違っている

おかしい。

絶対におかしい。

どうして私が部屋から追い出されなきゃいけないんだ。

何回叩いたのかわからないが、また、ドン、と宮城の家のドアを叩いて手を止める。

これ以上、叩いたところで宮城は出て来ないだろうし、近所迷惑だ。

でも、納得できない。

だって、おかしいのは宮城だ。

私はなにもしていない。

なにかをしようとしたのは宮城なのだから、不満を持つ権利は宮城ではなく私にある。

やっぱりドアをもう一度叩きたくなって、迷ってから玄関に背を向ける。六階から街を見下ろせば、人と車ばかりで景色が良いとは思えない。高そうなマンションは利便性に特化しているようで、見える風景にこだわっているわけではなさそうだ。

面白くない。

景色も宮城も、なにもかも。

私は大きく息を吐いてから、エレベーターへ向かう。いつもなら帰りは宮城と一緒にエレベーターに乗るけれど、今日は一人で乗る。エントランスを抜けて外へ出て、街を歩く。

少なくとも、宮城は私のことを嫌ってはいないはずだ。友だちでも恋人でもないけれど、好意に類似する感情を持っていると思っている。だから、あそこで私を追い出すのはおかしい。

「なんか、私が悪いみたいじゃん」

目を閉じろと命令をしたのは宮城だし、キスをしようとしたのも宮城だ。

それを勝手にやめて、今日はもう帰ってと言った。

中途半端《ちゅうとはんぱ》に終わらせて話も聞かずに外へ放り出すなんて、人を従わせておいてすることではない。

……違う、嘘《うそ》だ。

宮城が従わせたわけではない。

私があういう命令をするように仕向けた。

宮城とキスをしたら、自分がどうなるのか。

知りたくなって命令させた。

でも、そう命令すると決めたのは宮城だ。最終的に自分で命令することを選んだのだから、責任を持つべきだと思う。八つ当たりでもなんでも、あんなところでやめるほうが悪い。

私は足を速める。

息切れしそうなくらいの速度で家へ帰って、部屋に閉じこもる。お腹《なか》が空《す》いているような気がするけれど、夕飯を食べる気にはなれない。制服を脱いで、部屋着に着替える。そして、鞄から財布を出した。

「返しても受け取らないよね」

今日、私がしたことは五千円に見合わないと思う。

できれば返したいけれど、宮城は強情だから突き返されるに違いない。それどころか、もう連絡だって来ないかもしれない。

私は五千円札を貯金箱に突っ込み、持ち上げる。重さが変わっているのかよくわからないが、五千円は確実に増えているし、入れた五千円の分だけ気分も重い。

「宮城のバーカ」

貯金箱に文句をぶつけて、ベッドに転がる。

こういうとき、宮城は私から逃げる。

春休み前、私にサイダーをかけたときもそうだ。彼女は私から逃げて、連絡をしてこなかった。衝動的に行動して、困ったら私を避ける。それで、物事が解決すると思っている。

「どうせ、今回も同じことするんでしょ」

結局、この予想は当たっていて、宮城から五日間連絡が来なかった。

私は放課後の教室で、スマホの画面を凝視する。

たった五日と言うこともできるけれど、私と宮城の間に起こったことを考えるとそれなりに長い期間だ。これまでもそれくらい連絡がないことはあったが、今回は一週間待っても二週間待っても連絡が来るとは思えない。

今まで謝ったことのない宮城が謝った。

謝るに至った理由はわからないけれど、宮城が私を避ける理由としては十分だと思う。

スマホを鞄にしまって、斜め前の席に座っている羽美奈《うみな》を見る。放課後の予定で麻理子《まりこ》と盛り上がっている彼女に声をかけると、決定事項を告げられた。

「今、麻理子と話してたんだけど、これからいつものところでいいよね？」

「ごめん。今日、予備校あるから。悪いけど、また今度誘って」

「えー、たまにはサボったら？」

「親にバレたら面倒だもん」

「親なんて怒らせとけばいいじゃん」

羽美奈の無責任な言葉に麻理子が「そうそう」と軽い口調で同意する。

「今度、奢《おご》るからさ」

私はいくつかのメニューを提案しながら、羽美奈たちと下駄《げた》箱へ向かう。二人と一緒に靴を履き、校門で別れる。私は羽美奈たちの姿が消えてから、予備校へ向かう道とは別の道を選んだ。

今まで予備校をサボったことはないけれど、今日は行くつもりがない。羽美奈たちには悪いが、放課後の予定は決まっている。

目的地は宮城が住むマンションだ。

通い慣れた道を早足で歩くと、あっという間に着く。

ここまで来ればやることは一つだ。

私は、エントランスのインターホンで宮城を呼び出す。けれど、反応はなかった。

「まあ、出ないよね」

一回、二回、三回。

インターホンの呼び出しボタンを押すが、宮城の声が聞こえてくることはなかった。

こうなるってことくらい予想していた。

私はスマホを出して、宮城にメッセージを送る。放課後の呼び出しはいつも彼女からで私からメッセージを送ったことはないが、中に入れろとメッセージを送るのはこれで二度目だ。

『宮城、インターホン出て』

『いるんでしょ』

『無視してないで入れてよ』

いくつか送ったメッセージは既読がつくものの、返事は来ない。行儀が悪いと思いながら、インターホンを連打する。春休みが終わってクラス替えがあった後、ここで同じことをしたときは中に入れてくれた。でも、今日はインターホンに出ることもメッセージを返してくることもなかった。

腹が立つ。

ものすごく。

私は、初めて彼女に電話をする。わかっていたことだが、電話は呼び出し音を鳴らし続けるだけで宮城の声は聞こえてこない。

『電話に出て』

メッセージは既読すらつかなくなる。

「なんでこんなにいうことをきかないの。子どもじゃないんだから、返事くらいしなよ」

中間テストが近い。

こんなところで、宮城にメッセージを送りまくっている場合ではないと思う。でも、この問題が片付かなければテスト勉強が進まない。覚えなければいけないことは、なに一つ頭に入っていなかった。

宮城のせいで散々だ。

たちの悪い目眩のように、気持ちがふらふらとして安定しない。

私はマンションを出て、家へ向かう。

別に、こんなことはたいした問題ではない。

そもそも、宮城との関係が切れてしまってもかまわないのだ。卒業までのはずだった関係が少し早く終わるだけで、残念ではあるけれど仕方がないと思う。居心地の良い場所がなくなるが、次の場所を探すこともできる。

でも、こんな中途半端な状態で終わりにするなんて許さない。

どこをどうやって帰ってきたのかわからないが、家に着く。

きっと、いつもの道を歩いてきた。

宮城が私を無視する以外は、なにもかわらない日常だ。

部屋に入り、机の上を見る。

きっかけは一つあればいい。

私は、置きっぱなしにしていた宮城の消しゴムをペンケースにしまった。

◇◇◇

先生の話が長い。

わざと長くしているのかと思うくらい長い。

チャイムはもう鳴った。

私は教科書とノートを閉じて、ペンケースから消しゴムを取り出す。教壇に立ち続ける先生に早く出て行けと念を送り、つま先で床を蹴る。

早く、早く、急いで。

穴が空くほど先生を見ていると、宿題がどうしたこうしたと言いながらプリントを配り、のろのろと教室から出て行った。私はすぐに机の上を片付けて、斜め前の席に座っている羽美奈に声をかける。

「ごめん、先に食べてて。ちょっと行くところがあるから」

昼休みは休憩時間としては長いが、これからすることを考えると短い。のんびりとしている暇はなかった。

「いいけど、どこ行くの？」

「隣に用事」

そう言い残して、隣のクラスへ向かう。

手の中には消しゴムが一つ。

隣のクラスにはその持ち主がいる。

二組は廊下を歩けばすぐそこで、入り口にいる女子に愛想《あいそ》良く笑いかけて宮城《みやぎ》を呼んでもらう。「宮城さーん」という声の後、「なに？」と聞き慣れた声が聞こえてくる。

声の出所は、窓際《まどぎわ》の真ん中辺り。

友だちと一緒にいる宮城は、驚いた顔をしていた。そんな彼女に追い打ちをかけるように、呼び出しを頼んだ女子が「友だちが来てるよ」と付け加える。

宮城がその声に不機嫌な顔をする。

でも、それは一瞬だった。

さすがに学校では怒らないか。

そうなったら面白いとは思うけれど、宮城はよそいきの顔を崩すつもりがないらしい。彼女は〝友だち〟という台詞《せりふ》に目を丸くした宇都宮《うつのみや》たちに話しかけられ、曖昧な顔をしてなにかを答えてから私の元へやってくる。

「……ここ学校」

不機嫌に、でも、困ったように眉根を寄せて宮城が言う。

「知ってる」

「じゃあ、話しかけないでよ。そういうルールじゃん」

噛《か》みつくような声は、不満しかない。だが、周りに聞こえてはいけないということは意識に残っているらしく、私にだけ聞こえるような小声で話しかけてくる。

「これ、ポケットに入ってたから。こういうの返すのって落とし物届けるみたいなものだし、学校で話しかけてもおかしくないでしょ」

私は、手の中の消しゴムを宮城に見せる。

「こんなの――」

「返さなくていいし、あげる。でしょ？」

言いかけた台詞を奪うと、宮城が黙り込む。彼女がこんなときに言う台詞なんて決まっている。それがわかるくらいに、私と宮城は一緒にいる。

「もらってもいいけど、その前に話があるから」

私は消しゴムをスカートのポケットにしまってから、宮城の腕を摑《つか》んだ。

「え、ちょっと」

「ここだと目立つから、ついてきて」

すでに目立っているとは思う。でも、このまま教室の入り口で立ち話を続けるよりはいい。

私は宮城を引きずるようにして歩く。

昼休みの廊下はそれなりに人が多くて、宮城の手を引いて歩いているとさっきよりもさらに目立つ。宮城もそれに気がついて、すぐに私の手を振りほどいて自分で歩きだした。逃げたら追ってくるとでも思っているのか、文句も言わずに黙ってついてくる。

旧校舎の端のほう、私は珍しく従順な宮城を音楽準備室に押し込む。そして、奥まで彼女を連れて行く。

「こんなところまで連れてきてなに？　私、お昼ご飯食べてたんだけど」

休み時間に生徒がやってくることが少ない場所に来た宮城は、機嫌の悪さを隠さなかった。何度も聞いたことのある低い声に、彼女が怒っていることがわかる。

「こうでもしないと話せないし、逃げるでしょ」

楽器が置かれた棚に背中を預けて、宮城の腕をもう一度掴む。愛想をどこかに忘れてきたような顔をした宮城は、抵抗しない。大人しく腕を掴まれたまま私の前に立っていた。

「学校では話しかけないって約束じゃん」

「学校で話しかけたりしないし、連絡はスマホでって言ったのは宮城で、私もそうするとは言ってない」

これは詭弁《きべん》だと思う。

去年、私もそうするといった意味で宮城の提案を受け入れ、それが二人のルールになった。だから、宮城の言葉のほうが正しい。でも、引くわけにはいかなかった。

私にはどうしても宮城に聞きたいことと、言いたいことがある。

「……だとしても、こんなところで話すことなんてない」

宮城は道理に合わない私の言葉を受け入れかけたものの、すぐに恨めしそうな目を向けてくる。

「宮城になくても、私にはある」

「じゃあ、今度うちに来たときに話せばいいじゃん」

「宮城ってこういうとき、私を呼ばないし、そのまま終わりにしようとするでしょ」

「呼ぶよ」

「いつ？　昨日、私が宮城の家に行ったときはインターホンも電話も無視したよね？」

「……たまたまインターホンにも電話にも出られなかっただけ。……そのうち呼ぶつもりだった」

宮城が本当だとは思えないことを呼ぶつもりを感じさせない声で言う。

やっぱり、ここで聞かなきゃ駄目だ。

今、手を離したら宮城とはこれっきりになる。

私は、彼女の腕を摑む手に力を入れた。

「聞きたいことあるから答えてよ」

いいとも嫌だとも聞こえてこないけれど、言葉を続ける。

「なんで私を追い出したの？」

お世辞にも綺麗《きれい》とは言えない古びた準備室に、私の声だけが響く。宮城は喋《しゃべ》らないし、動きもしない。年季の入った音楽準備室には楽器ケースが並んでいるが、それはただ並んでいるだけで、私たちの間に流れる淀《よど》んだ空気を変えるきっかけにはならなかった。

「答えなよ」

腕を引っ張ると、答えるつもりはないという意思を表すように宮城が一歩遠ざかった。

「命令しないでよ」

「するよ、命令。ここ、宮城の家じゃないから」

宮城が命令していいのは、彼女の家の中だけだ。

五千円を払って、私に命令する権利を買う。

そのルールは学校では適用されない。

「用事が済んだから、帰ってもらっただけ。追い出したわけじゃない」

宮城が諦めたように言って「もういいでしょ」と私の手を振りほどこうとするが、離すつもりはない。

「あれで用事が済んだの？」

「私が目を閉じてって命令して、仙台《せんだい》さんが目を閉じた。それで命令は終わり。他にすることなんてない」

「命令、本当にあれで終わりにして良かったんだ？」

「あれで終わりだって言ってるじゃん」

「あの先、なにかしようとしたくせに。それはいいの？」

私は元から誠実な人間ではないけれど、宮城といるとそれが顕著になるような気がする。

今だってそうだ。なにかするように仕向けたのは私なのに、宮城から答えを引き出そうとしている。

けれど、そう上手《うま》く事は運ばない。

「仙台さんの気のせいでしょ」

宮城は答えることを放棄して、私の手を振りほどく。背を向けて準備室から出て行こうとするから、胸の辺りがむかむかとする。

「そうだ。宮城はさ、テスト勉強やってる？」

思いついたように声をかけると、宮城が振り返って怪訝《けげん》な顔をした。

「急になに？」

「私はやってない。宮城のせいで進まない。責任取ってよ」

「意味わかんないんだけど」

「今、スマホ持ってる？」

「答える必要あるの？　それ」

「持ってるか持ってないか聞いてるの」

「……教室に置いてきた」

「今日、呼びなよ。私のこと」

私からはメッセージを送らない。

送るのは宮城の役目で、それは今日だ。

彼女を甘やかすほど、今の私は機嫌が良くない。

「嫌だって言ったら？」

むっとした様子で宮城が言う。

彼女の気持ちが教室へ戻りかけているように見えて、気分が悪くなりそうになる。

「嫌でも呼んで、絶対に。あ、あと、消しゴム返す」

私は宮城に近づいて、彼女の目を見る。そして、手首を摑んで無理矢理消しゴムを握らせた。

「いらない。あげる」

「じゃあ、宮城の家でもらう」

消しゴムは受け取らずに、宮城を置いて音楽準備室を出る。教室へ戻るとお昼を食べる時間はなさそうで、私は次の授業の準備をする。

空っぽの胃を騙《だま》すように、口の中に飴《あめ》を放り込む。

◇◇◇

先生の長い話を聞いて授業を終えると、スマホには宮城からのメッセージが届いていた。

急いで来たわけではない。

それでもいつもよりも早く着いた。

深呼吸を一つして玄関のドアを開けると宮城《みやぎ》が待ち構えていて、閉める前に五千円を渡されそうになる。

「いらないから。私が呼ばせたんだし」

いつもなら受け取る。

そういうルールだし、そうすることが当たり前になっている。でも、今日は五千円札を押し返して靴を脱ぐ。そのまま宮城の部屋へ向かおうとするが、部屋の主が仁王立ちになっていて先に進めない。

「仙台さんに言われたから呼んだんじゃなくて、私が呼びたくて呼んだんだから払う」

家に帰っても宮城の機嫌は斜めのままのようで、つまらなそうな顔をして言う。

「なにか命令することあるの？」

「……ある」

宮城がぼそりと言うと、もう一度五千円札を突き出した。

どう見てもノープランじゃん。

命令したいことがある声でも顔でもなかったが、ああだこうだと言い争いになってまた追い出されても困る。

「わかった」

五千円を受け取って財布にしまうと、廊下を塞いでいた宮城が「お茶持ってくる」と言い残してキッチンへ向かう。私は彼女を待つことなく部屋に入り、鞄《かばん》を置く。そして、ネクタイを緩めてブラウスの二つ目のボタンを外してから、ベッドを背もたれにして床へ座った。

宮城の家には何度も来ているが、今日は落ち着かない。漫画を読むような気分ではないし、ベッドに寝転がって待つのは違うような気がする。

計画がないのは私も同じだ。

この部屋であったことも、私たちの関係も、すべて消しゴムで消して白紙へ戻そうとする宮城に納得がいかないと意気込んできたものの、口にすべき言葉が見つからないままだ。宮城と話をするようになってから一年も経《た》っていないが、今日が一番なにを話していいのかわからない日だと思う。

はあ、と細く長く息を吐くと、トレイにグラス二つと、いつもは持ってこない小皿を載せた宮城が部屋に入ってくる。

「これ食べれば」

素っ気なく言って、小皿をテーブルの上に置く。

「カステラ?」

珍しい。

カステラ自体を久しぶりに見たということもあるけれど、この部屋で食べるものが出てくることが珍しかった。ここで宮城が出してくるものと言えば、サイダーと麦茶に決まっている。

「今日、仙台さんお昼食べてないでしょ。自業自得《じごうじとく》だとは思うけど」

「へえ。今日は優しいんだ」

「ただの残り物。捨てるのもったいないから。……食べないなら片付ける」

そう言いながら、宮城はカステラを口にすることなくベッドに腰をかけた。

「食べる。いただきます」

フォークで食べるものなのかよくわからないが、カステラの横には銀色のフォークが添えられていた。私はそれを使って上品な卵色をしたお菓子を口に運ぶ。一口食べると、ふわふわで甘い。底に残ったザラメもシャリシャリして美味《おい》しくて、もう一口食べる。

一切れをすべて胃に落とし、麦茶を飲む。

実際のところ、宮城が言うようにお昼ご飯を食べ損ねた。放課後も羽美奈《うみな》の誘いを断って、寄り道をせずにここまで来たから、ご飯の代わりになるようなものはなにも食べていない。でも、それは宮城も同じだと思う。

「食べないの？」

「もう食べた」

宮城が事実かどうかわからない言葉を口にして、退屈そうに足を揺らす。それは、することがなくて暇そうにも見えるし、落ち着かないようにも見えた。私は行儀が悪いと思いながら、少し離れた場所にある彼女の足をフォークで軽く刺す。

「いたっ」

揺れていた足が止まり、恨みがましい目が向けられる。

「舐《な》めてあげようか？」

「舐めなくていい。なにを命令するかは私が決める」

私を警戒した宮城が足をベッドの上に引き上げ、膝を抱える。

「仙台さん、もう学校で声かけないでよ」

「それは命令？」

宮城は答えない。

黙ったまま私から視線を外す。

私は、宮城に近寄ってスカートの端をつまむ。けれど、手はすぐに払《はら》い除《の》けられ、少し低い声が聞こえてくる。

「今日、仙台さんのせいで酷《ひど》い目にあった」

命令かどうかは有耶無耶《うやむや》にして、宮城が話を続ける。

「仙台さんが教室に来るから、舞香《まいか》たちが色々聞いてくるし。戻ってからもなんの用だったのって興味津々《きょうみしんしん》で、大変だった」

「なんて答えたの？」

「仙台さんにお金貸してって言われたって言っといた」

「……マジで？」

「嘘《うそ》。先生が職員室で呼んでるって教えてくれて、そのまま職員室に行ったたって言っといた。……疑ってたけど」

まあ、そうだよね。

今まで接点がまったくなかった人間がやってきて、そのままどこかへ連れ去ったわけだから、興味を持たないほうが不思議なくらいだ。

「面倒くさいから、もう呼び出したりしないでよ」

そう言って、宮城がベッドから下りて少し離れた場所に座る。

「なんか遠くない？」

「仙台《せんだい》さんが変なことするから」

「しない。いつも変なことするのは宮城じゃん」

不名誉な物言いを正す。

変なことは、命令がなければ起こらないことだ。宮城がおかしなことを言い出さなければいいわけで、私のせいにするのは間違っている。だが、彼女はそうは思っていないようだった。

「仙台さんに言われたくない。さっきだってスカートめくろうとしたし」

「引っ張っただけじゃん。宮城って、否定しかしないよね」

「仙台さんが否定したくなるようなことばっかり言うからじゃん。大体、今日なんなの。仙台さん、いつもと違う。喋《しゃべ》りすぎ」

確かに饒舌《じょうぜつ》になっている。

居心地の良い部屋にいるはずなのに、どうしてか今日はしっくりとこないことを誤魔化すように口を動かしていた。この部屋に馴染《なじ》めずにいた頃のようで、沈黙が続かないように喋り続けたくなる。

でも、それは私だけではない。

「それはこっちの台詞《せりふ》。宮城こそ、今日はよく喋るじゃん」

聞きもしないのに宮城が学校であったことを報告するなんて、滅多にないことだ。そもそもいつもならお菓子を出してきたりしないし、私に気を遣うようなこともしない。

今日はいつもと違う。

その言葉がぴたりと当てはまる。

「そんなに喋ってない」

むすっとしながら言って、宮城が鞄を持ってくる。そして、中からなにかを取り出した。

「これ、取りに来たんでしょ。学校でも言ったけどあげる」

苛々《いらいら》とした声で宮城が言う。

乱暴に突き出された手を見れば、学校で返した消しゴムがあった。

彼女はなんでもかんでも「あげる」と言う。本屋での五千円も、サイダーで濡《ぬ》れた制服の代わりの服も、学校で返した消しゴムも、執着なんてどこにもないように簡単に人に渡してくる。返したいという私の気持ちは関係ない。宮城がそういう人間だとわかっているが、わかっていても受け入れられないこともある。

私は消しゴムではなく、手首を摑《つか》む。

宮城が驚いた顔をしたけれど、唇で消しゴムを持った指に触れ、舐める。少し冷たい指は血の味も、ポテトチップスの味もしない。強く舌を押し当てると、消しゴムが床に落ちた。宮城が手を動かして私の頬を撫《な》でかけ、すぐに離す。

「そういうのやめて」

手首を摑んでいた手が振りほどかれ、私は額を押される。

「宮城がなかなか命令しないから」

「帰ってって命令したら帰るの？」

「それが命令なら」

ルールは絶対で、私はそれを守る。

でも、宮城はそんな命令はしない。

本当に私を帰らせたいなら、仮定の話なんか持ち出さずにこの前のように追い返しているはずだ。

「……仙台さんはずるい」

宮城が口の中でもごもご言う。

「ずるいと思うなら、本当にしてほしいこと言ったらいいじゃん」

「どうしてもしてほしいことなんかない」

「なにもすることないなら五千円返す」

「いらない」

「じゃあ、命令しなよ。そういう約束なんだから」

私たちは、似ていないようで似ている。

スクールカーストという言葉は好きではないけれど、そういうもので区分するなら私は上のほうに位置する。もっと詳しく見れば、そのなかの下に近いのではないかと思う。宮城《みやぎ》は一番下には見えないが、上でもない。

上から落ちないように立ち回っている私も、下へ落ちない位置で踏みとどまっている宮城も中途半端《ちゅうとはんぱ》という点では同じだ。

そして、私たちは都合の良い相手を求めている。

私は家ではない場所で落ち着けるところを宮城から得ることができたし、宮城はなんでもいうこときく私を手に入れた。

お互い、そういう相手に興味を持ってもおかしくはない。

私は自分の手をぎゅっと握りしめる。

これは、あまり素直ではない考え方だ。

一度、答えが出ている。あれこれとそれらしい理屈を持ち出してみてはいるけれど、簡単に言えば宮城とキスがしたいし、したらどうなるか確かめたい。

――今ここで。

「なんて命令すればいいか、わかってるでしょ」

ほんの少し宮城に近づく。

動いた分だけ距離が縮まって、離れたりはしない。視線は合わせてはくれないが、宮城が私から逃げ出すことはなかった。

「……仙台さんからしてよ」

私を見ずに、この間とは違う言葉を口にする。

「なにを？」

「……キス」

これからどうするか。

その決定権が委ねられる。けれど、拒否権を持たない私の答えは一つしかない。

宮城に体を寄せ、彼女の髪を梳《す》く。

肩より少し長い髪は黒くて、さらさらとしている。

頬に手を添え、ゆっくりと顔を近づける。人のいうことをきかない野良猫《のらねこ》のような宮城が大人しく座り続け、合わなかった視線が合い、交わり続ける。それは、宮城の目が開き続けているということを意味する。

「目、閉じなよ」

「仙台さん、うるさい。好きなときに閉じるから黙ってて」

恋人でもない私たちに雰囲気なんて必要ないと言えばそれまでだが、あまりにもムードがない。これからキスをする人間とは思えない。ただ、宮城らしいとも言える。

仕方がないから、目を閉じるタイミングは宮城に任せて顔を寄せる。やりにくいなと思いながらも結構な距離まで近づくと、私の目から逃げるように宮城が目を閉じた。

そういうところは可愛《かわい》いと思う。

もう少し見ていたいけれど、私も目を閉じる。

そして、宮城の唇に触れた。

心臓の音はそれほど速くない。

緊張はしている。

唇から伝わってくる感触がやけに鮮明な気がする。

柔らかくて、温かい。

息を止めているのか、しているのかはよくわからないけれど、宮城という人間をとても身近に感じる。

唇を離す。

甘いとか、酸《す》っぱいとか。カステラだとか。

どんな味もしなかった。

そもそも、最初から味がするほどのキスをしたら大変だ。

私は宮城を見る。でも、目を合わせてくれない。

もう一度したいと思う。

宮城という人間をさっきよりも感じたい。

肩を掴んでもう一度顔を寄せると、押し返された。

「まだするつもり？」

不機嫌な声が聞こえる。

「宮城がしてって言ったんでしょ」

「二回もしろなんて言ってない」

「宮城のけち」

文句を付けて、宮城の首筋に手を這《は》わせる。

伝わってくる体温がいつもよりも高い。

「もう一回命令しなよ」

私の言葉に宮城があからさまに不愉快な顔をするが、少し間を置いてから静かに言った。

「……もう一度して」

聞こえてきた声に体を寄せると、離れた距離は簡単に縮めることができた。すぐに私たちの間にあった空間がなくなって、二度目のキスをする。

一度目は気がつかなかったけれど、気持ちがいいと思う。

柔らかな唇が、伝わってくる宮城という存在が、わずかに触れ合っているだけなのに気持ちがいい。体が宮城のほうへと傾く。触れ合った部分から熱が流れ込んできて、スイッチが入ったように体が動いて唇に舌を這わせる。

さっきよりも熱いと思う。

私も、宮城も。

指で触れたときよりも体温が混じり合って、お互いの境目が曖昧になる。

宮城の唇が薄く開き、吐息が漏れる。掠《かす》れた声が混じって聞こえて、耳の奥がざわざわとする。宮城の手が私のベストを摑む。

もっと、もっと。

宮城に触れたいと思う。

私は少しだけ開いた唇を舌先で割り開き、忍び込ませようとするけれど拒まれる。抗議するように唇を噛《か》んだら、思いっきり体を押された。

「そこまでしていいって言ってない」

「キスはキスでしょ」

「とにかく、もうしなくていいから」

宮城がぴしゃりと言って、私から少し離れる。そして、視線を合わさずに「どうするの、このあと」と続けると、ワニのカバーが付いたティッシュの箱を投げつけてくる。私はティッシュを生やしたワニを抱きとめて、床へ置く。

「どうするのって？」

「こんなの気まずいじゃん」

まあ、確かに。

宮城は恋人ではないし、彼女の言葉を借りれば友だちでもない。そういう相手とキスをしたのだから、気まずくないわけがない。

でも、なにもかわらないはずだ。

キスくらいで宮城の態度が変わるとは思えない。

どうせこれからもツンツンと棘《とげ》を何本も生やした言葉で文句を言ってくるだろうし、優しくなったりもしない。急に親しげに話しかけてきたりしたら、そっちのほうが気持ちが悪い。もしかしたらなにかが変わるのかもしれないけれど、変わってみるまではわからないから、なるようにしかならないと思う。

「仙台《せんだい》さんって頭いいけど、馬鹿だよね」

宮城がため息交じりに言う。

「馬鹿っていうのは認めるけど、頭は良くない」

頭が良かったら、親の期待に応えられた。

違う高校に行っていただろうし、宮城にも会っていない。

「気まずいのなんて最初だけだって」

私は無責任に言って、ベッドに寝転がる。

宮城は今のままでいいし、今まで通りにしてくれたらそれでいい。

「これからも呼びなよ。私のこと」

「言われなくても呼ぶし、命令しないで」

宮城がむっとした顔で立ち上がり、漫画を持ってくる。そして、サイダーに口をつけた。

彼女とキスをしてわかったことは、家に押しかけて、学校で呼び出して、命令させるくらいに私が宮城のことを気に入っているということだ。

自分でも意外なくらい気に入っている。

本人に言うつもりはないけれど。

あとがき

「週に一度クラスメイトを買う話」を手に取ってくださり、ありがとうございます。

本作は、ウェブ連載小説に加筆修正、書き下ろしを加え、書籍化したものです。初めての書籍化。初めてのあとがき。……ということで、あとがきを書いている今も、本当に本になるの？　という気持ちでいっぱいです。半信半疑のまま生きているので、実物を見るまで死ぬわけにはいかないと〝いのちをだいじに〟作戦で日々を過ごしております。さらに、あとがきになにを書いていいのかわからないと震えておりますが、震えていても先に進まないので、本作が生まれた瞬間からあとがきに至るまでを振り返ってみようかと思います。

本作の主人公である宮城《みやぎ》と仙台が誕生したのは二〇二〇年。誕生のきっかけは、パソコンに書き記していた「週に一度クラスメイトを買う話」という一文です。最終的にタイトルになったこの一文に「嫌なことがあったらクラスメイトを五千円で買う」と「スクールカーストの上と下」という設定を加え、私自身が読みたいと思う物語として発展させ、今の形になりました。

しかし、クセのある主人公二人と、クセのある物語の設定。面白いと感じていただけるのか不安があり、二話（ウェブ上では六話）で終わる短編としてウェブに掲載したところ、考えていた以上に読んでいただくことができました。ならば！　ということで物語は続き、第7回カクヨムWeb小説コンテストのラブコメ（ライトノベル）部門特別賞を受賞し、U35先生による素敵なイラストとともに書籍化されることになりました。

ウェブに第一話を掲載したのが二〇二〇年二月ということで、改稿作業では二年以上前の自分と向き合うことになりましたが、大変というよりは楽しく進めることができたかなと思っています。

そして、幕間《まくあい》と番外編ですが、書籍化にあたり、書き下ろしました。番外編は、第二話「宮城は今日も私に五千円を渡す」の宮城視点です。書きたいと思っていたものの、書く機会がなかったお話がやっと日の目を見ました！

幕間は担当編集さんとの改稿の打ち合わせのなかで、番外編として宮城の話を書いたので仙台の話も新たに書きたいとお話をしたところ、「幕間として宮城と出会う前の仙台の話を入れたらどうか」という提案があって生まれたものです。私自身はお互いが出会う前の話を書こうと考えたことがなかったので、担当編集さんの提案があって本当に良かったです。

などと、過去を振り返っておりましたが、いい感じのページ数になったようです。

最後になりましたが、宮城と仙台の物語をここまで読んでくださった皆様、ウェブで応援をしてくださった皆様、本当にありがとうございます。書きたい宮城と仙台のお話がたくさんありますので、二巻のあとがきでまたお会いできたら嬉《うれ》しいです。

そして。

最高のイラストを描いてくださったＵ３５先生。知らなかったことをたくさん教えてくださった担当編集様。様々な形で本作にかかわってくださった皆様。本当にありがとうございます。深く感謝いたします。

そして、そして。いつも相談に乗ってくれる友人Ｎに感謝を。面倒な作業をしてくれてありがとう。

それでは、番外編をお楽しみいただければと思います。

羽田宇佐

番外編　仙台さんはきっと私の名前を知らない

七月に入ったものの、日差しは強くない。

私は足を止めて、空を見上げる。朝、家を出るときはほとんどなかった雲が空を覆い始めていて、雨が降りそうな気がするし、降らないような気もする。梅雨が過ぎて夏になったはずなのに、放課後の空はまだ夏を認めていないように思える。

やけに中途半端な空のせいで、寄り道をするか迷う。

早く帰っても家には誰もいない。

空っぽの家で時間を一人で潰して、誰もいないキッチンで夕飯を一人で食べる。

それだけのために早く家へ帰っても仕方がないから、寄り道をして帰るくらいがいいのだけれど、どこかで時間を潰している間に雨が降ってきたら厄介だ。傘がないから濡《ぬ》れて帰ることになるし、濡れた制服を乾かすのも面倒くさい。制服が乾かないことを理由に明日学校を休んだとしても咎《とが》める人はいないが、一人で家にいてもつまらない。

降る、降らない、降る。

のろのろと歩いて本屋の前で、また空を見上げる。

雲が増えているようにも見えるし、増えていないようにも見えた。少し前の青かった空に戻ってほしいけれど、そうもいかないらしい。

この前、舞香《まいか》と本屋へ行ったばかりだから欲しい本はない。でも、高校に入ってから来るようになったこの本屋は品揃《ぞろ》えが良く、欲しい本があってもなくても時間を潰すことができる。

私は雨が降らないほうへ賭けて本屋へ入り、漫画が置いてあるエリアへ向かう。興味を引くタイトルを見つけて、手に取るか迷う。買うなら雨が降りそうな今日ではなく、もっと天気のいい日が良さそうな気がして、小説の棚を見てから、雑誌があるエリアへ行く。平積みにされている雑誌の表紙を視界に入れたものの、面白そうなものは見つからず、なんとなく左のほうを見た。

「あっ」

思わず声が出る。

この本屋でときどき見る顔。

同じ学校で、同じクラス。

ただのクラスメイトで、それ以上でもそれ以下でもない仙台さんを見つけて、嫌だな、と思う。

彼女が見ているキラキラしている雑誌に興味はないけれど、表紙を見ているだけで時間が潰れるからもう少しここにいたい。でも、同じ制服を着ている彼女と同じエリアにいると落ち着かない。仙台さんは私から遠い存在だし、向こうから近寄ってきても困る。だから、彼女の顔を見ると、その場から離れずにはいられなくなる。

私は、はあ、と小さく息を吐き出す。

どうせ仙台さんは私には気がつかない。

今まで一度だって気がつかれたことがないのだから、今日だけ気がつくなんてことはないはずだ。そもそも仙台さんが私の名前を覚えているかすら怪しいし、もしかすると顔も覚えていないかもしれない。

それくらい私と彼女は住む世界が違うと思う。

私と彼女の間には見えない線が引かれている。

学校へ行くと、それがはっきりとわかる。

クラスメイトは色分けされていて、同じ色同士が集まっている。そこに境界線があるようにクラスは分断され、違う色が混じることはない。当然、私の色と仙台さんの色は違う。

実際には行き来はできるから、普段はそれほど気にならないけれど、いるべき区画ではない場所へ行くと、空気が違って居心地が悪い。

仙台さんは、そういう空気を感じることがない人だ。

境界線を軽々と越え、教室の好きな場所に行ける。

彼女とはわかり合えないと思う。

私は雑誌のエリアから離れる前に、仙台さんをこっそり見る。

彼女はやけに難しそうな顔をして、明るい表紙の雑誌をじっと見ている。そういえば、この前見かけたときも難しそうな顔で雑誌を見ていた。学校では明るくて、いつも楽しそうだから、イメージが違う。

それでも人目を引く人だというのは変わらない。

学校にいるときも、茨木《いばらき》さんほどではないけれど目立つ。

薄くメイクをしているから綺麗《きれい》に見えているだけかもしれないけれど。

私は仙台さんに背を向けて、雑誌のエリアから離れる。また漫画の棚の前へ行き、買おうか迷った本を手に取って、棚に戻し、小説を見に行く。ぐるぐると本屋の中を歩き回って、雑誌のエリアへ戻る。仙台さんはもういない。ストーカーみたいに彼女をつけ回したいわけではないから、家へ帰ることにして出口へ向かう。

レジの前、鞄《かばん》の中を漁《あさ》っている仙台さんを見つけて足を止める。

なにやってんだろ。

学校では見ることがないわたわたしている彼女に興味がそそられる。

近寄るべきではないと思いながらも気になって近くへ行くと、あれ、とか、あー、とか、困ったような声が聞こえてくる。レジを見ると本の値段が表示されているが、お金が払われた様子はない。どうやら彼女は財布を忘れたらしい。

焦《あせ》っている彼女に親近感が湧く。

財布の中には、私には多すぎるお小遣いの一部が入っている。ここで仙台さんに渡したからといって困ることはない。でも、学校では澄ましている彼女が困り続け、なにも買わずに本屋から立ち去る姿を見るというのも面白いと思う。

「この本」

仙台さんの声が聞こえてくる。

反射的に私の口と体が動く。

「払います」

仙台さんの驚いたような「え？」という声を聞きながら、私はさらに彼女に近づき、財布から五千円札を出してトレーの上へ置く。

「仙台さん。これ、使って」

こんなものはただの気まぐれで、恩を売りたいわけじゃない。なにか見返りがほしいわけでもない。

なんとなく。

たいした意味もなく五千円を出した。もしかすると、普段見ることがない、困って、焦っている彼女に自分が重なって見えたのかもしれないし、私が五千円を出したら彼女がどんな顔をするのか見たかったのかもしれない。自分でもよくわからないけれど、財布の中に五千円札があったからいつもならしないようなことをしてしまった。

たぶん、きっと、そういうことなのだと思う。

「……宮城《みやぎ》、だよね？」

名前、知ってるんだ。

口にでかかった言葉をごくりと飲み込む。私の名前を口にすることはないと思っていた仙台さんが驚いた顔をしているせいで、私まで少し驚いて言わなくていいことを口にしそうになってしまった。

「そのお金で払って」

「いいよ。悪いし」

「気にしないで」

深い意味のない行為だから、忘れてくれていい。払う、払わないなんてつまらないことでレジの前に長居をしていたら、目立つ。誰かに見られて、学校で仙台さんとなにを話していたのか聞かれても面倒くさいし、できるだけ早くここから立ち去りたい。でも、仙台さんは譲らない。

「いや、返す」

トレーに置いた五千円が戻って来る。けれど、それを財布にしまうつもりはない。私はもう一度、五千円をトレーの上へ置いた。

「あの、お支払いはこちらでよろしいでしょうか？」

困惑しているとしか言いようのない声が聞こえてきて、私が「はい、お願いします」と答えると、五千円がレジの中に消えた。私は仙台さんがおつりをもらっている間にレジから離れる。でも、すぐに彼女が追いかけてくる。

「宮城、ありがとう。お財布忘れちゃったみたいで、助かった」

明るい声が聞こえてくるが、助かったと思うのなら私のことは放っておいてほしい。学校では、私と仙台さんは違うエリアにいる。そして、ここでは私は漫画のエリアにいるべき人間で、仙台さんはキラキラした雑誌のエリアにいるべき人間だ。違う場所にいるべき人間同士なのだから、もっと離れているほうが自然だと思う。

「これ、おつり。使っちゃった分は明日学校で返す」

「返さなくていいよ。おつりもあげる」

五千円はいらない。

学校で仙台《せんだい》さんとお金のやり取りをしているところを舞香に見られたら、仙台さんとなにがあったのか追及されそうだ。それはあまり面白いことじゃない。

私は仙台さんに背を向けて歩きだす。

「え、ちょっと。困るって」

「本当にいらないから、仙台さんにあげる」

「もらえないし、返す」

「じゃあ、捨てておいて」

「捨てるって、お金だよ⁉」

仙台さんに肩を摑《つか》まれる。

捨てたくないならもらってくれたらいいと思うが、彼女はどちらもしたくないらしく勝手に話を進めようとする。

「あー、そうだ。おつりも借りておくってことにしとくから。それで、明日まとめて返すね」

「そういうのいいから。返さなくていい」

私は肩を摑んでいる手を振り払い、本屋の外へ出る。

「返す。おつりもまとめて五千円、学校で返すから」

どうやら彼女は私を追いかけてきているようで、学校では聞いたことのない少し棘《とげ》のある声が後から聞こえてくる。五千円をあげると言ったら素直にもらいそうな人たちと一緒にいるのに、彼女はそういうタイプではないらしい。

意外にしつこい。

そして、強情だ。

私は、どうしたら五千円を彼女に押しつけることができるのか歩きながら考える。

仙台さんが納得して、いや、しなくても五千円をもらうしかなくなるなにか。

そんなものがないかと考えて、酷《ひど》くくだらないことが頭に浮かぶ。

「……じゃあ、五千円分働いて」

仙台さんを見ずに告げる。

お金は労働に対する対価だ。

つまらない提案ではあるけれど、おかしな話じゃない。お父さんも働いてお金を得ている。私の財布の中にあるものは、お父さんが休みも、家にいるべき時間も、なにもかもを働くことに使った結果の一部だ。

「え？　働く？」

「とりあえず、私の家まで来て」

足を止めて、仙台さんを見る。

「は？　家まで来てってなに？　お金は明日返すって」

「来ないなら、あげるからもらって」

仙台さんは来ないし、来なくていい。

五千円は仙台さんにあげる。

それで終わりだ。

一人で家に帰ってもつまらないけれど、私は彼女に背を向ける。

小さなため息が聞こえてくる。

そのまま仙台さんはそこにいればいい。

歩きだす前に、空を見上げる。本屋に入る前よりも雲が多い。雨が降りそうな、という天気ではなく、確実に降ると言える灰色の雲が空を覆っている。

早く帰ったほうがいい。制服を濡《ぬ》らしたくない。

そんなことを考えていると、さっきよりも重いため息が聞こえてくる。

「傘、うちにあるけど」

仙台さんが傘を持っているのか知らないけれど、彼女の憂鬱そうなため息が言わなくてもいいことを口にさせる。

「あーもう。家、どこ？　近いの？」

「そんなに遠くない。ついてきて」

ぼそりと言って歩きだすと、仙台さんが本当についてくる。

仙台さんになにをさせたいのかわからない。

仙台さんがなにをするつもりなのかわからない。

でも、たまにはこんなことがあってもいいと思う。

させたいことがあるわけではないけれど、家に帰っても一人でつまらない。仙台さんがいれば、ちょっとした暇つぶしにはなりそうだ。共通の話題がなさそうだから話し相手にはならないと思うけれど、一人でいるよりはいい。

だから、私は家へ向かって黙って歩き続けた。

富士見ファンタジア文庫

週《しゅう》に一度《いちど》クラスメイトを買《か》う話《はなし》

～ふたりの時間《じかん》、言《い》い訳《わけ》の五千円《ごせんえん》～

令和５年２月20日　初版発行
令和６年１月15日　７版発行

著者――羽田宇佐《はねだうさ》

発行者――山下直久
発　行――株式会社KADOKAWA
〒102-8177
東京都千代田区富士見2-13-3
0570-002-301（ナビダイヤル）
印刷所――株式会社KADOKAWA
製本所――株式会社KADOKAWA

※定価はカバーに表示してあります。
●お問い合わせ
https://www.kadokawa.co.jp/（「お問い合わせ」へお進みください）
※内容によっては、お答えできない場合があります。
※サポートは日本国内のみとさせていただきます。
※Japanese text only

ISBN978-4-04-074878-8 C0193 ◆◇◇

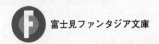

「す、好きです!」「えっ? ススキです!?」。
陰キャ気味な高校生・加島龍斗は、
スクールカースト最上位&憧れの白河月愛に
罰ゲームきっかけで告白することになった。
予想外の「え、だって今わたしフリーだし」という理由で
付き合うことになった二人だが、
龍斗はイケメンサッカー部員に告白される
月愛の後をつけて盗み聞きしてみたり、
月愛は付き合ったばかりの龍斗を
当たり前のように自室に連れ込んでみたり。
付き合う友達も遊びも、何もかも違う2人だが、
日々そのギャップに驚き、受け入れ合い、
そして心を通わせ始める。
読むときっとステキな気分になれるラブストーリー、
大好評でシリーズ展開中!

ありふれた毎日も
全てが愛おしい。

済みなキミと、
ゼロなオレが、
き合いする話。

ファンタジア文庫
何気ない一言も
キミが一緒だと
経験
経験
お付
著／長岡マキ子
イラスト／magako

切り拓け！キミだけの王道
ファンタジア大賞
原稿募集中！
賞金
《大賞》300万円
《金賞》50万円
《銀賞》30万円
選考委員
細音啓「キミと僕の最後の戦場、あるいは世界が始まる聖戦」
橘公司「デート・ア・ライブ」
羊太郎「ロクでなし魔術講師と禁忌教典《アカシックレコード》」
ファンタジア文庫編集長
前期締切 8月末日
後期締切 2月末日
公式サイトはこちら！ https://www.fantasiataisho.com/
イラスト／つなこ、猫鍋蒼、三嶋くろね